图书在版编目（CIP）数据

今夜，不喜欢人类，我只喜欢你/胡成瑶著．—成
都：天地出版社，2018.8
ISBN 978-7-5455-3775-8

Ⅰ．①今⋯ Ⅱ．①胡⋯ Ⅲ．①随笔—作品集—中国—
当代 Ⅳ．① I267.1

中国版本图书馆 CIP 数据核字（2018）第 050830 号

今夜，不喜欢人类，我只喜欢你

JINYE, BU XIHUAN RENLEI, WO ZHI XIHUAN NI

出 品 人	杨　政
著　者	胡成瑶
责任编辑	杨永龙　欧阳秀娟
封面设计	思想工社
电脑制作	思想工社
责任印制	葛红梅

出版发行　天地出版社
　　　　　（成都市槐树街2号　邮政编码：610014）
网　　址　http://www.tiandiph.com
　　　　　http://www.天地出版社.com
电子邮箱　tiandicbs@vip.163.com
经　　销　新华文轩出版传媒股份有限公司

印　　刷　天津文林印务有限公司
版　　次　2018年8月第1版
印　　次　2018年8月第1次印刷
成品尺寸　145mm×210mm　1/32
印　　张　7.75
字　　数　153千字
定　　价　38.00元
书　　号　ISBN 978-7-5455-3775-8

咨询电话：（028）87734639（总编室）
购书热线：（010）67693207（市场部）

本版图书凡印刷、装订错误，可及时向我社发

有一个地方，
全世界只有你和我知道

读《聊斋志异》时，总想起徐静蕾的一部电影的名字：《有一个地方，只有我们知道》。

有一个地方，全世界只有你和我知道，这是否是我们人类共同的、隐秘的欲望？

可能是一座废弃的兰若，或者是一个古宅的后院，或者是深山的墓地，或者是与世隔绝的石洞，也许是海底龙宫，也许是罗刹海市。

这是一个迥异于现实的异想空间，虽然那里也有华府高第，也有灯火通明，也有茶香鼎沸，也有环佩叮当，一样也有爱恨情仇，但一旦进入那个空间，我们便不受世俗的牵绊，永远不会变老，打着情，骂着俏，过着吹气如兰的日子。

这些书生是如何找到入口，进入这个隐秘的空间？

他们是如何获得口令，或者说花妖狐魅是如何从人群中挑选出他们的？

在《聊斋志异》里，在《红楼梦》里，在《金瓶梅》里，他们都具有共同的特征：少轻脱，夙偃傥，不为畛畦。

在封建正统社会，长子嫡孙是用来正襟危坐、光宗耀祖的，是用来中兴的，是用来死后画成画像挂在祠堂的，即使早夭，也是无人超越的"贾珠"。

有一些人，也许是在家中，比如行六行七行十三，可以不用背负家庭重担，或者是天性洒脱使然，或许是残酷的丛林法则下的失败者，总之，世界上有一小部分人有权利过上旁逸斜出的生活。

他们是获准进入秘密花园的人。

神仙洞府，罗刹海市，大观园，葡萄架下的秋千……统统是为这些人准备的。

那些正襟危坐，光宗耀祖的人从来没有握住这把秘钥，他们有他们的座上珠玑和堂前黼黻。

这些神仙洞府与世隔绝之处，几乎是一种隐喻，对写作的隐喻。

上帝是如何挑选一部分人从事写作的？

他们的共同点是：夙偃傥、不为畛畦，现实中的失败者。

他们的灵魂是自由的，他们的心性是不受拘束的，他们最有可能是现实生活的失败者，于是开始白日梦的筑造。

"风粘寒灯，谯楼短更。呻吟直到天明，伴佝偻老兵。萧条无成，熬场半生……"蒲松龄到71岁才考中一个岁贡生，痛不欲生。其妻刘氏劝解他说："山林自有乐地，何必以肉鼓吹为快哉！"

是啊，《聊斋志异》就是他的山林之乐地，如何没有这块乐地，如何安放他的灵魂和尊严?

忧郁帝王奥勒留曾说："属于身体的一切只是一道激流，属于灵魂的只是一个梦幻，生命是一场战争，一个过客的旅居，身后的名声也迅速落入忘川。"

几百年过去了，那些和蒲松龄同时代高中状元的人早已经淹没在历史的尘埃中，他用一部《聊斋志异》，构筑了一座无与伦比的秘密花园。

通往这座花园的秘钥就是阅读。

阅读是一种迷人的抵达。

只要你愿意去阅读，顺流而上，最终总能抵达，推开那扇门，看见他端坐在书桌前，茶正烫，梅正香，他正好在等你做倾心之谈。

谈完已是半夜，推门而出，漫天大雪，你吟哦着走在雪地上，轻轻地对自己说："有一个地方，全世界，只有你和我知道。"

第三部分

人妖之恋最新鲜

目　录

第四部分

凡人之恋好心酸

目 录

第一部分

神仙
都是性冷淡

01　你过来，
蒲松龄有一道选择题，
让你做！

肉体和灵魂，哪个你爱得更多一点？

这个问题，蒲松龄在《云萝公主》中已经问过了。

《云萝公主》讲的是一个凡人与一位仙女的爱情故事，不，不能算爱情故事。这里面没有两情相悦，有的只是一男一女为了兑现神谕做出的努力，像一对"打怪"的队友。

整篇小说拖沓松散，论写作实在是聊斋里的下品。但蒲松龄提出了一个非常发人深省的两难选择题，就是放到今天，仍然可以考问我们。

安大业，河北卢龙人，样子长得非常韶秀，又慧而能读。世家大族纷纷提亲，想把女儿嫁给他。有一天，他母亲做梦，有神对她说：你的儿子应该婚配一位公主。

母子二人对此深信不疑。

如果我们的娘亲做了这样的梦会相信么？大约不会。

那为什么安大业他们会相信一个梦呢？

那是因为安大业不是普通人，他生而能言，母亲灌以狗血，始止。

到了十五六岁，有天夜里，忽闻异香，一个非常美的婢女跑进来，说，公主来了！

一女扶婢肩入，服色荣光，映照四堵。婢女介绍说，这就是圣后府中的云萝公主。

云萝，又名紫藤，袅娜无力，芳香四溢。蒲松龄笔笔紧扣云萝这种植物的特点。

她走路需要扶着婢女的肩膀，坐下来，用脚踩着婢女，旁边还要两个婢女"夹侍之"。

和安大业下了一会儿棋，她让婢女甩出一大堆黄金，告诉安：你房子太窄而霉了，扩建装修之后，我们再成亲。

过了一会儿，又返回来说，这个月犯天刑，不宜建造；一个月以后才是吉星高照。

然后，婢女拿出一个皮排，往里吹气，突然从皮排里冒出一股云气，绕满四周，昏昏沉沉，什么也看不见。等烟雾散尽，云萝公主已经无影无踪。

安大业一心想早点成亲，不顾云萝留下的告诫，急急匆匆动土修造，结果引来一系列的灾祸，母亲猝死，他自己也差点丧命。

安大业死里逃生，三年服满，天天洒扫庭院，静候云萝。

一天，满园浓香，焕然一新。公主盛装坐在屋里。两人一边喝酒，一边絮絮聊些别后的事情。

日落西山，天渐黄昏，其他婢女都识趣地躲开。公主四肢娇懒，两腿好像没着没落的样子，安大业亲昵地把她抱在怀里。

就在这个千钧一发的时刻，云萝公主说：你且放手，现在有两条路，你选。

不会吧？这个时候还要谈人生，做选择题么？

安大业搂着她的脖子，问：哪两条路？

云萝说："若为棋酒之交，可得三十年聚首；若作床笫之欢，可六年谐合耳。君焉取？"

如果我们只喝酒下棋，搞柏拉图之恋，可以有三十年光阴在一起；如果我们有肉体之欢，只有六年时间。你选哪个？

这的确是个两难选择。

我想，大部分人会选六年吧。

可是也不乏选前者之人。几百年后，在二十世纪，有人做了"临床试验"，以计划破产而告终。

台湾导演杨德昌和歌手蔡琴结婚时，杨德昌有段著名的声明："我们应该保持柏拉图式的交流，不让这份感情掺入任何杂质，不能受到任何的亵渎和束缚。因为我们的事业都有待发展，要共同把精力放到工作中去。"

没出十年，杨德昌遇到了小他十七岁的钢琴家彭铠立，两人热情地生了两个孩子。

呵呵。

那么，安大业选什么呢？

他回答得很巧妙，"六年后再商之。"作为一个得伤寒就会死掉的凡人，我们还是先做了再说，别给我一竿子支到三十年后！

说到底，我们凡人爱肉体多于爱灵魂。说到底，我们凡人如同《逍遥游》里不知晦朔的朝菌。

"女乃默然，遂相燕好。"明眼人能看出不情不愿的样子。

她还补了一刀："妾固知君不免俗道，此亦数也。"

我就知道你不能免俗，不过这是命中注定的事，我也只能从了。

对于这段姻缘，她没有丝毫的激情和期待，反抗无效，不如躺着——至于享受，也说不上。

从此，他们开始置办家业，过起日子来。

他们婚后的日子怎么样，从主妇身上可以略窥一二。

女无繁言，无响笑，与有所谈，但俯首微哂。

一个"哂"字，道尽了两人关系的尴尬，也可以说是凡人和仙人的鸿沟。那种淡淡的居高临下的鄙薄，呼之欲出。

对于凡人的肉体之爱，她显然体会不到什么妙处，和做神仙相比，做爱想必是一件不那么有趣的事。

以此推开，做凡人的其他乐趣，在她看来也是极为可笑。

生年不满百，为了点蝇头小利，一点身前身后名，呕心沥血殚精竭虑兴兴头头蝇营狗苟，不知乐从何来？

她略带忧伤，又略带鄙薄地看着凡人。

这群凡人啊，为了一晌贪欢，为了舔糖罐里的那点糖，居然飞蛾扑火！

静静等待六年"刑满释放"。期间，她生了两个儿子。她说：我体质单薄，不任生产，让那个雄姿英发的婢女替我生吧。于是她脱下内衣，穿在婢女身上，真的过了一会儿，婢女生了一个儿子。

有了儿子，她也不怎么管，让乳母带着，在另外的院子里生活。

有一天，她说要回娘家，问归期，她说三日。

结果人间就是三年。安大业闭门苦读，居然考中举人。

一天夜里，群婢拥云萝进来。安大业喜滋滋地告诉她得了功名之事，云萝怅然不乐，极其鄙视地说：三日不见，你入俗障又深一层啊！

在她看来，这些统统没有乐趣。

六年后，她回娘家，再也没有回来。

不知道如果云萝不执行神谕，会遭到什么样的惩罚？

惩罚是一定有的，比如她淡淡地以无比鄙薄的姿态谈起的赵飞燕，就是被贬谪的小仙。

所以她对这段姻缘，更多的是忍受。

最错位的婚姻是：他以为到了天堂，她却当作炼狱，过了火海刀山这一关，可以去天堂永享仙福、寿与天齐。

那么，做了神仙之后呢？

无欲无求，无嗔无怒，无爱无恨。

如何打发那漫无边际的时光？真的那么有趣吗？

用三十年的时间来喝一杯茶，用二百年的时间来下一盘棋。

任你如何把时间变形、折叠、压缩，终究空虚吧。

嫦娥应悔偷灵药，碧海青天夜夜心。

我和李商隐一样，曾经无数次对他们的生活妄加揣测。

02

爱喝酒的男人，
才有好故事

爱喝酒的男人，往往有故事，有故事的男人，往往爱喝酒。

这几乎是一个公理。

但这里面的机制是什么？我一直在思考。

这里说的喝酒，排除工作上的应酬，讨论的是纯私人场合，出于个人爱好和个人行为的喝酒。

我一直视喝酒为苦差，喝在嘴里辣嘘嘘的，这能有什么妙处？请教某位爱喝酒的男士，他说：我们也一样啊，都是辣嘘嘘的。

我大惊失色：我以为酒在你们舌苔上是另一番云蒸霞蔚的表现，原来是一样一样的！

谁让你老含在嘴里，又不是棒棒糖！在嘴里不要停留，毫不犹豫咕噜一声吞下去，当它游走在你的血液里，砰的一声，你整个人灵魂出窍，获得了生命的自由，那才是我们爱喝酒的原因啊！

对，自由。酒精具有一种神奇的效果，让人挣脱现实规则的束缚，放飞自我，尤其带来了言辞的自由和快感。

所以，常常在酒局上，会听到那些原本说不出口的独白，原本不敢说的怨恨，原本该憋住的鄙视，原本该永远闭嘴的心事，故事从此延绵不绝。

《聊斋志异·辛十四娘》讲的就是一个书生"酒精·言辞·命运"的故事。

冯生，"少轻脱，纵酒"。老蒲下的这五个字，是解读冯生命运的秘钥。

话说一个清晨，天刚蒙蒙亮，冯生正在路上行走。别问我那么早，他在外面晃什么？一个轻脱的人不会规规矩矩睡美容觉的。看见一位披着红色披肩的少女，容貌非常俏丽，带着一个小丫鬟，蹑露奔波。他在心里偷偷地爱上了她。

这天黄昏，冯生又喝嗨了，回家途中，路过一座废弃的寺庙，有女子从里面走出来，正是清晨遇到的红衣少女。看见冯生过来，她转身入院。他把驴子系在门口，跟着追进去。

大清早的，碰到一个少女，黄昏又在废弃的寺庙里碰到她，这是多么诡异的事情！难道不应该离得远远的？妈妈告诉我们说，不要凑热闹，不要和陌生人说话！不要爱上来路不明的女子！

可是，轻脱和纵酒，宛如两个风火轮，一路推动着冯生进入一条隐秘的小径，打开了一扇通往别样世界的大门。

假设他是一个整日整夜清醒审慎如猫头鹰的人，即使上帝是个出色的编剧，也难以给他加一出好戏啊！

进院之后，由一老叟接待，自称姓辛，家有十九个女儿，已经嫁出去十二个。冯生趁着酒劲，说：我想给自己做个媒，希望你把今天早上带着小丫鬟踏露行走的女儿嫁给我。

老翁笑而不语。冯生不免气闷，掀开内室的帘子说：伉俪不可得，至少让我看上一眼，消除我的遗憾。他孟浪地冲进去，果然见到了红衣人，亭亭玉立地站在那里。见一个陌生男子冲进来，众姐妹惊慌失措，辛老头发一声喊，小厮们冲进来，一顿暴打，揉出大门。

他睡在草丛间，酒醒后，骑上驴子闷头乱窜，在山谷溪涧间迷路。遥望苍林中有灯火人家，快驴加鞭，投奔过去。在这里，遇到了一个超级强大的老郡君，竟然是他的舅奶奶。老郡君问他为何终夜窜于溪谷，他把求婚被拒的事情和盘托出。老郡君大怒：一家野狐狸精，还敢乔张做致？让我替你做主。差人叫来了辛十四娘，订下了婚事。

选一个黄道吉日，一路人马吹吹打打，把辛十四娘送来，陪嫁是一个大扑满，有口大缸那么大。

问了辛十四娘，才知道冯生的舅爷爷在阴间做了五都巡环使，几百里以内的鬼怪狐狸都是他的侍从，无怪乎辛老头只能乖乖地把女儿送来。

他们婚后的生活怎么样？

冯生的三次灾祸，一次比一次严重，直至差点遭受绞刑，都跟酒分不开。

得知他娶了一位美貌的狐狸为妻，有一位心怀不轨的人上门了。通政使的儿子——楚公子，借口向新娘子送礼物，来到冯生家里喝酒。过了几天，楚公子又派人送来一封信，请他去喝酒。辛十四娘劝冯生：我观察楚公子猴眼鹰鼻，不可以和他深交，不应该去赴宴喝酒。冯生听了她的劝告。

第二天，楚公子亲自拿着自己刚写的诗登门喝酒，冯生忍不住带着嘲笑的口气品评了不成样子的歪诗，两人不欢而散。辛十四娘凄惨地说：楚公子是豺狼之辈，你不听我的话，恐怕要遭灾啊！

冯生没有在意。

后来，赶上提学使举行考试，楚公子考了第一，冯生考了第二，楚公子打发人来请喝酒，请了好几次，冯生才去。那天是楚公子的生日，喝得开心，楚公子把自己的试卷拿出来，众人一片溜须拍马之声。冯生醉了，醉到不能忍受大家睁着眼睛说瞎话，他说：你以为你考第一名真的是因为文章做得好么？

众人大惊失色，冯生也飞也似的溜回家。

辛十四娘意识到他招来杀身之祸，要求他闭门不出，不许喝酒。

又过了一些天，冯生去一个朋友家吊唁，路遇楚公子。楚公子捉臂苦邀，死乞白赖地把他架到家里，备下一桌酒菜。冯生被关在家里这么久，早就觉得闷损，忽遇豪饮，无复萦念。

哪里晓得这是鸿门宴？

楚公子的正室悍妒异常，棒杀女婢。楚公子正好设局，把尸体放在醉得不省人事的冯生脚下，让小厮们冲进去，诬陷冯生奸杀女婢。

下狱，朝夕搒掠，皮肉尽脱，待秋后绞刑。

辛十四娘放出手段，上达天听，终于把楚公子的爹扳倒，重审此案，冯生死里逃生。

然而，辛十四娘对庸俗的凡间已然厌倦，在给冯生觅得一个佳偶，并在大扑满里留下花不完的钱，给这个不谙世事的狂生留一笔信托基金后，她名列仙籍，飞身而去。

老蒲在文末痛心疾首地说："轻薄之词，多出于士类……一言之微，几至杀身，苟非室有仙人，亦何能解脱囹圄，以再生于当世？可惧哉！"

老蒲噤若寒蝉的样子跃然纸上，翻译为现代文就是：没有辛十四娘，就别做冯生！

细思极恐。

我们成人世界里的所谓成熟，无非是善于隐藏真实的好恶和欲望，以取得最大的利益以及规避可能的风险。冯生每次借助酒精，都想脱掉虚伪世故的外衣，表达真实的欲望和好恶。酒精的确是魔鬼，它让人放下戒备，与这个世界赤裸相对，放下所有盔甲，成为靶子，成为献祭，成为草船借箭里的那只船，万箭穿心。

他对世界交付真心和坦率，命运交付给他跌宕别样的人生。

只是，这种价码，我们是不是人人都出得起？

我只不过是尿蛋中的尿蛋，我连醉一次的勇气都没有，更别说坦率地发出一种声音。

甚至为了安全起见，我拒绝成为一个有故事的人。

03 假如你的生命
被点了一把鬼火

《聊斋志异》里穷书生半夜突然得到狐妖或者仙女"临幸"，可谓被点了一把鬼火，《蕙芳》的主人公不是书生，是一个最底层的体力劳动者，这鬼火烧得更旺。

马二混，以货面为生，家里极其贫穷，娶不起老婆，跟母亲相依为命。

这母子穷归穷，三观正得像三好学生。

有一天，突然有一个少女到马家来，穿得非常朴素，然而不掩国色。她对马母毛遂自荐说，看在马二混老实忠厚的分儿上，愿意委身于他。

这天大的好事落下来！换其他人不是笑得合不拢嘴？

假如有这一把旺火烧在我们的人生旅途中，我们会怎么想？

然而，马母却大惊失色，说：姑娘你美如天仙，你说这话，要折我们母子的寿啊！

"贫贱佣保骨，得妇如此，不称亦不祥"，我们这样的贫贱人，娶你这样的姑娘，不般配，而且不吉利！

"不称亦不祥"！一个做苦力的老妇人说出如此有智慧的话！

马二混是什么样的人，其实从他娘亲身上可以看到，不做非分之想，甘受贫穷，所以岁月无伤。

我们普通人，每天多多少少有几个非分之想在脑子里翻腾。

过了几天，西边巷子的吕太太过来串门，说：我们那边有个叫蕙芳的姑娘，孤而无依，自愿为贤郎妇，你为什么不同意？

并一再用自己人格担保，这个女孩很可靠。

马母这才放下心来，同意这门婚事。

写到这里，我不得不佩服蒲松龄是取名字的高手，和金庸有得一比。

蕙芳这个名字太适合马家人，朴实温厚本分，以至于电视剧《渴望》里那个感动中国的善良女人也叫蕙芳。

如果这个从天而降的美少女叫"小倩""小翠""细侯"，你试试从马母的角度想想，就凭这个名字，得妇如此，也不踏实啊！听着就是明清小说里那种烟视媚行、善于乔张做致的妖女。

娶进门，蕙芳居然还自己带了两个婢女，马母哪里见过这世面？

她说：我们每天靠苦力得点蝇头小利，刚刚够养活自己。现在娶了你这么娇滴滴的女人，娇嫩坐食，恐怕吃不饱饭，你还带两个婢女，难道让我们喝西北风？

真是贫贱人语。

蕙芳笑着说：我们不花您的钱。

马母的惊讶可想而知。这不是一般的鬼火啊！

马二混晚上回到家，只见翠栋雕梁，比宫殿还华丽。在一个穷人眼里，就一个词：光耀夺视。到处是明晃晃的亮闪闪的。各种器物想来他也不知道名目。

他吓得不敢进去。蕙芳下床迎笑，睹之若仙。他更害怕了，一个劲地往后退。蕙芳挽着他坐下，很温柔地对他说话，生怕吓坏了这个老实人。

估计读者会忍不住仰天长啸：这是什么样的鬼火啊！为什么不出现在我的生命中！

马二混跟我们普罗大众一样，喜出望外，但还是改不掉贫苦人的习惯，准备亲自出去买酒。蕙芳说，不需要啊，郎君。

婢女拿出一个皮革做的袋子，居然从里面掏出各种酒和肉食。

从此，马二混一家人过上了神仙般的日子。

你要问了，既然"不称亦不祥"，那厄运啥时候降临到马二混的头上？

马二混活到了八十岁，寿终正寝，他偏偏没有遭遇不祥。

不是说好了的一把鬼火烧在你的人生，肯定得变焦炭的么？

答案是：假如你的人生被烧了一把鬼火，你一定得有金钟罩。

蕙芳是一个很贤惠的美人。一个细节可见一斑。

家里貂锦无数，任马二混随便穿，但一出家门，就变成布衣，只是比棉布更加轻暖。蕙芳自己也如此。

财不外露，内敛深沉。这是蕙芳给马家的金钟罩。

而马家人，从贫贱人一跃过上了神仙般的日子，从未对邻居炫耀一句，马二混照样每天出去做买卖，马家人为人忠厚朴讷，是他们未招来不祥的根本原因。

四五年后，蕙芳与马二混告别，她原本是天上贬谪的仙女，到人间十余载，与马二混之间的缘分已尽，她要回到天上去了。

蒲松龄在末尾感叹说，马二混这个人，连个正经名字都没有，哎，除了为人朴讷，并无他长。难道仙人就是看中他的朴讷诚笃吗？

这个故事相当的中国，相当的接地气，充满了中国劳动人民的智慧，尽显中国人的生存技巧。

家有珍宝，安保又做得差，不是自招盗贼和祸患么？

不如不要，或者偷偷藏起来，即使在家过得像皇帝，出去也要像苦力。如此，才可自保。

在这片土地上，鬼火最好被招安，偷偷掩埋在草木灰之下。

而西方人，一把鬼火，必使其燎原。

于是，他们的文学作品中有包法利夫人，有安娜·卡列尼娜，有《呼啸山庄》里的凯瑟琳，现实生活中有雨果的女儿阿黛尔·雨果。

而我们的文学作品中有蕙芳。

04　你要旧爱，
　　　还是新欢？

　　旧爱，是曾经的新欢；新欢，很可能成为旧爱。

　　我们来看看《聊斋志异》里一位书生在新欢和旧爱中如何取舍。

　　《张鸿渐》说的是一位书生为了逃避牢狱之灾，仓皇出逃，得到一位狐仙搭救，却终归忘不了家中的妻子，最后历经千辛万苦回家的故事。

　　这让我想起奥德修斯海上漂流十年，最终回到佩涅罗泊身边。

　　逃亡，诱惑，考验，回家。

　　两个故事具有如此相似的内核，纯属巧合。

　　奥德修斯为了希腊城邦的利益而战，而张鸿渐呢？

　　他本是一介书生，在河北当地有文名，有妻子文氏，美而贤。县令横征暴敛，还将一名范姓书生活活杖毙，众书生集结起来要去省里上访，推举张鸿渐写状子。

　　文氏贤在何处？这时候体现出来，她劝丈夫说：大凡秀才做事，可以共胜，而不可以共败：胜则人人贪天功，一败则纷然瓦解，不能成聚。今势利世界，曲直难以理定；君又孤，脱有翻覆，急难者谁也？

关于秀才的高论，后世有伟人不也不谋而合？

张鸿渐听了，觉得妻子说得很对，就只写了状词，不跟书生们一起去闹事。

可不正应了方氏的话，这是一个势利世界？县令贿赂上司，竟然把书生们以结党的罪名抓起来，还要追捕写状词的人。

张鸿渐只好逃走。

这一逃，从河北逃到了陕西的凤翔县。

当他逃到旷野中，孤苦无依，盘缠全无时，暮色中前面有个小村庄。他只想找个地方躲避夜间的虎狼，除此之外，别无奢求。

正巧有户人家有灯光，准备关门的老妪收留了他。

屋里有个美人，名叫舜华。是三姐妹中的大姐，还有两个妹妹并未出现。

夜里，舜华自荐枕席，张鸿渐惊慌失措地说：不敢相瞒，我家里有妻子孩子。

舜华说：从这话里知道你是一个老实人，不过不妨碍。

过了段时间，她坦诚地告诉他，她是一个狐仙，只因他们前世有宿缘，所以才幻化出一个村庄，在这里等他、救他。

如果你害怕我，就回去吧。

张鸿渐贪恋她的美貌，留了下来。

两人熟了之后，张鸿渐说：你既然是仙人，千里之遥的路喘息之间就到了；我离家三年多，很想念妻儿，你能不能带我回去一趟？

舜华很不高兴：我以为我们琴瑟和谐，原来你守此念彼，对我是虚情假意！

且看张鸿渐新欢旧爱一个不肯放松，说出什么理论：常言道，一日夫妻百日恩，我以后念着你，就如同今天念着她呀！如果我喜新厌旧，你还会看得起我么？

她说：我可没有那么无私高尚，我只想你永远不忘记我，其他人，你统统忘掉好了！不过你既然想回去，那有何难？

拉着他的手就出了门，昏暗中走了几步，舜华说，到了。

张鸿渐一看，真的是自己家，转头，舜华已渺。

他轻轻地叩门，屋里方氏问是谁，张鸿渐回答了各种问题，方氏才开门，可见其谨慎。

进屋，惊喜至极，握手入帷，可见伉俪情深。见小儿在床上睡着了，张鸿渐感叹说：想我三年前出逃的时候，他才有膝盖高，现在长这么高了！

两人相对如梦寐，把这些年的遭遇一一道来。问及当年那些书生的下落，方氏说，有的病死在狱中，有的被流放到远方。

这一切都进行得很正常，突然，方氏冷不丁地问：你已经有佳偶了，想来已经忘了我这个整日为你哭泣的旧爱了吧。

张鸿渐说：如果忘了你，我怎么会回来？跟她生活在一起，锦衣玉食，不用受颠沛流离、提心吊胆之苦，可是我还是想回来和你一起。说到底，我和她终非同类，只有恩义。

方氏慢悠悠地问：你且看我是谁？

哪里是方氏，原来是舜华，她造出一个幻境，来试探他的真心。

张鸿渐伸手去摸床上的孩子，哪里是孩子，是一个竹夫人！

张鸿渐大惭无言。

舜华说：你的心我已经知道了，是块怎么捂都捂不热的石头啊！幸好你这人还算讲良心。

舜华不愧是狐仙，从后文可以得知，她精心造出的幻境，和真实的环境在细节上一模一样。

如果你是张鸿渐，这时候只会觉得后脊背阵阵发凉吧。

过了两三天，舜华说：既然是我单恋，你的心并不在这里，我强留你无益，我还是送你回去吧。

她向床头取了竹夫人，两人跨坐上去，须臾间，到了河北张家。

逾垣叩户，和前一遍一模一样，连方氏的询问和通关口令都一样。等他回答对所有问题，方氏才挑灯开门。

最有趣的一幕出现了，门一开，方氏呜咽而出，哭得不可遏制。张鸿渐不敢贸然上去抱她，径直朝卧室走去，床上躺着一个孩子，跟上次看到的一模一样。他问：这又是你用竹夫人变的？

方氏莫名其妙，非常气愤：我天天思念你，枕上的泪痕还是湿的，你居然这么疑神疑鬼？

这才确定真是回家了。就在两人说话时，村里的一个恶少甲，一直垂涎方氏的美色，看见有人翻墙进来了，就尾随而来。方氏解释说是丈夫回来了，恶少甲威胁说，不跟他相好就去官府告发他们。

张鸿渐一怒之下，杀死恶少甲。方氏说：你快逃吧，让我来顶你的罪。

张鸿渐说：大丈夫死则死耳，哪里有让女人去顶罪的道理。我只有一个要求，你好好教育孩子，让他好好念书。

第二天，他去自首，随之被押往京都。

在押解的途中，舜华又一次拯救了他。把他放在山西的地界上，她走了。她说跟着妹妹去青海，从此不复相见。

看来，青藏线不仅是今天文艺青年的圣地，在那个时代，一个小狐仙失恋了也要去走一遭！

他在山西隐姓埋名，做私塾先生，这一待就是十年。打听到当年那个案子已经结了，他偷偷地潜回来，妻子依然贞洁而美貌，儿子很争气，也得了功名。

这个陆地版的奥德修斯才真正地回家了。

看到后来，才知道老蒲在细节上运用的妙处。

比如"竹夫人"。

这个物件是生活中很常见的物件，夏天闺房中都有。竹夫人长一米左右，放在床上，假扮一个四五岁的孩子正合适。它后来又化作飞行器，两人跨坐在上面，正合适。

最妙的是它的隐喻意义，《红楼梦》里薛宝钗写的那个灯谜，几乎是舜华的命运：

有眼无珠腹内空，荷花出水喜相逢。

梧桐叶落分离别，恩爱夫妻不到冬。

竹夫人，用竹篾编制，圆柱体，中空，周身有孔，酷暑时抱着睡觉凉快，可是冬天谁还用呢？

他是一块捂不热的石头，她只是一个夏天用的竹夫人。

婚姻不是捆绑。如果单靠捆绑，总有绳子不够长的时候，捆不住的时候，就像裘千尺说出了天下女人的激愤之语：丈夫丈夫，一丈之内是个夫，一丈以外，就不是夫了！

如果他的心不在这里，捆着他绑着他又有何用，难道家里要一具木乃伊来镇宅？

所以，舜华选择了放手，大不了去青藏线走一遭，忘了这情伤！

他为什么不顾一切要回家，要去寻那个旧爱？

因为那个美而贤的妻子是无价之宝，值得他舍弃全世界去换取。

她也许不如舜华心思之细密，但她胜在有见识。

她对书生举事的判断，她在丈夫逃亡十几年间，贞洁自守，让儿子继承书香，把儿子培养成有用的人才，这样的贤是大贤。

她，就像一个锚或者定海神针，让他念念不忘，一直要找到回去的路。

奥德修斯在海上漂泊那么久，遇到过勾魂摄魄歌声迷死人的塞壬，也遇到了独眼巨人，还被女仙卡吕普索抢入山洞，强逼他成亲，保证让他与天地同寿，而且永葆青春。

这与张鸿渐遇到舜华的境况何其相似。

然而，这两个男人选择了拒绝。

因为，家里有个女人，值得他风雨兼程、披星戴月地回去。

05 情场最大的正义
是什么？

情场和官场、商场一样，总有极少数人占据大量稀缺资源，而有一部分人徘徊在边缘，两手空空，望洋兴叹。

是否曾经幻想有一个情场侠盗罗宾汉出场，匡扶正义，劫富济贫，将资源合理地整合？

老蒲通过《霍女》这个故事完整表达了他情场乌托邦的构想。

霍氏，她专门祸害好色而吝啬之人、豪纵富裕之人、情薄寡恩之人，使其破产，将金钱转移给贫穷而情深的书生，给他寻伴侣，帮助他走上幸福富裕的道路。

真的是太乌托邦了！

话说有位老朱，家里极其富有而为人吝啬，只有一件事舍得花钱——色所在，冗费不惜。有天夜里，遇到一少妇独行，强胁之。回去在灯光下一看，美绝！少妇自称是霍氏，从此留下来。霍氏美则美矣，只有一件事让人吃不消——骄奢淫逸。吃必燕窝，饮则参汤，衣必锦绣，闷则听曲。不出两年，老朱家渐渐败落。

有天夜里，霍氏偷偷跑了。她跑到隔壁村老何家，老何家豪纵好客，穷奢极欲，她用一样的套路准备祸害老何。老何听人劝，放走了霍氏。

霍氏接下来准备去祸害谁呢？

她接下来是拯救，她去了黄姓书生家。黄生家贫，丧偶。忽然得这么一个美人，心中又惊又忧，害怕她过不了穷日子。谁知她天不亮爬起来操持家务，比死去的老婆更能吃苦耐劳。

过了几年，霍氏忽然说想回镇江的娘家。

到了扬州的地界，把船停在江边，正凭窗远眺时，有个富商的儿子乘船从窗外经过，惊其艳，调转船头跟在后边。

霍氏突然对黄生说：你家太穷，现在有个疗穷的办法，不知道你愿意不？

黄生问：什么办法可以致富？

霍氏说：我跟你好几年，一直不能生儿育女，现在有人愿意花一千金买我，你看，有了千金，你可以娶媳妇生孩子置家产，这个计策怎么样？

黄生坚决不同意卖她。

读到这里，真为黄生捏一把汗，生怕他是李甲２.０版本。万一他露出心动之色，被"杜十娘"怒沉百宝箱了呢？

万一，他像好莱坞电影《不道德的交易》，两人穷困潦倒，为了一百万美元将妻子让给老富翁共度一夜呢？

人性经不起考验！一作就死！

果然，富翁之子派人过来谈价钱，黄生不允。

霍氏却一再逼迫他答应这桩买卖。

黄生刚把银子搬到自己船上，霍氏跳上商人的船，快得像离弦的羽箭一样，激起一阵浪花开走了。黄生大声呼号，怎么也追不上。

到了镇江，黄生一个人上了岸，望着滔滔的江水，万箭穿心。正掩面哭泣，忽然听到娇滴滴的一声"黄郎"，他猛然一惊，只见霍氏已经笑吟吟地等着他。

黄生意识到霍氏不是寻常人，问：你怎么回来了？

霍氏这才道出实话："妾生平于吝者则破之，于邪者则诳之。"

当然，她没说的是：对于情薄之人，必弃之。

假如黄生如李甲，她还会回来？

话说两人携着千金高高兴兴地到了镇江霍宅。霍氏开始张罗给黄生娶妻，花了一百金娶了阿美，性格温柔，颇为婉妙。霍氏自称是黄生的妹妹，与阿美以姑嫂相称。

后来的后来，霍氏去南海省亲，黄生带阿美返回自己的家乡，从此生儿育女，过上幸福的生活。他们知道霍氏一家都是神仙，非常感谢霍女，为儿子取名曰"仙赐"。

霍氏不是黄生的爱人，而是他的摆渡人；是正义的化身，是站在云端上，唤一声"孽畜"就收服坏人的神仙。

只是情场真的有公平和正义么？有放之四海而皆准的法典么？有大法官和陪审团么？有执法人员和监狱么？

没有。

《霍女》这个故事表达了天下穷人的白日梦：资源可别被老朱那样的人占尽了！也得分一点给我们！请降下一个神仙，来主持公道吧！

老蒲这次为穷书生代言。

我这样匍匐前进，窥探老蒲精神领域的"裙底风光"，他要活着，难保不恼羞成怒。

其实，若真要一个正义，情场最大的正义莫过于：良人有良匹。

如此而已。

06 一种神奇的叶子，
教你秒识花心渣男

小时候，看《聊斋志异》的小人书，印象最深的是《翩翩》。翩翩这位神仙姐姐似乎特别钟情于芭蕉叶，她用芭蕉叶做衣裤，还可以剪成驴子，让罗子浮和儿子儿媳骑回人间去。

做成的衣裤不仅"绿锦滑绝"，非常衬肤色，适合在风中摆姿势拍照，穿着透气、不起静电，还有一个重要功能，令人拍案叫绝——只要给自家男人穿上这种芭蕉衣裤，就能在一秒内看出他是否对别的女人动了心。

这种大杀器，无疑是女人的福音。假若蒲松龄能活到今天，为芭蕉衣裤写软文的话，标题可以取作《除了"维多利亚的秘密"，女人最想购买的神器》。

与此相对应的是，该杀器是除了松糕鞋之外，男人最想毁掉的丑陋之物。

该杀器如何使用？效果如何？且看全球唯一一位亲身实验者——罗子浮的经历。

罗子浮，正如他的名字，是一位浮游浪子。父母早亡，被叔叔收养，视如己出。然而，荷尔蒙超标的他还是跟着坏人变坏了，整天在风月场打滚。一位金陵娼返回原籍，他跟着偷偷地离家出走。半年之后，钱花光了，他换来一身的杨梅大疮，还被赶出了娼家，变成小叫花子一路讨米回原籍，毕竟无颜见叔父，且在家附近徘徊。

有天晚上，罗子浮正准备在一个寺庙找个地方胡乱对付一晚上，一个世外仙姝给他发出了邀请，说有个山洞，可以住，为了给他吃定心丸，还说，完全不用担心虎狼之类的野兽。

这个时候，蒲松龄开始做起了白日梦。无论直男有多么堕落，脏得堪比段延庆，在一个有月光的晚上，总有一个皎洁如刀白凤的神仙姐姐出现。

她一定是离群索居的，她一定是没有七大姑八大姨的，她一定是除了这个男人没有过往情史的，她甚至是不吃五谷杂粮的，她一定是不会翻旧账的。

总之，在直男的眼里，这种干净刚刚押得了浮游浪子的这个韵。

两人来到山中，果然有个山洞，洞前一条小溪。仙女让他把破麻袋一样的衣裤脱下来，在溪水里洗澡。告诉他，用这种水洗澡，可以治疗身上的疮。把他安置在床上之后，仙女用大芭蕉叶裁剪衣服，一会儿就做好了，放在床头，让他第二天换上。

第二天，他半信半疑地换上芭蕉衣裤，果然顺滑如真丝，保暖如羊绒。

"数日疮痂尽脱，就女求宿。女曰：'轻薄儿！甫能安身，便生妄想！'生云：'聊以报德。'遂同卧处，大相欢爱。"

哎，何以报德？唯大相欢爱。

男人有一技傍身还是相当必要的。

在观赏了神仙姐姐用山叶做炊饼、鱼、鸡，用水缸储水做佳酿等等神乎其技之后，浮游浪子终于觉出日子的苍白来了！

下雨天无孩子可打，又无婆媳矛盾，又不用上班打考勤，又无房贷压力，又无下水道可堵，"真是闲得蛋疼啊！"浮游浪子站在洞口，沐浴着山风，身上绿滑的长衣像第二层皮肤一样紧紧地贴着身体，"如此的丝滑，如此的无聊！"

神仙也是要串门的。有一天，有一位如王熙凤一样未语先笑的少妇级神仙姐姐一阵风地来了。

一进来就调笑他们两个，看来他们的事她早已知晓，从后面的交谈得知，她趁新生婴儿睡着马上来串个门，其实就是想看看这个男人是什么样子。哪怕做了神仙，女人的八卦天性仍然不改。

"翩翩你个小鬼头，最近快活死了！"真是牙尖嘴利。到这个时候，我们才知道女主角原来叫翩翩。果然好名字，想着那个丝滑的绿衣服，穿上肯定是翩翩的风采。

如果世界上只有一男一女两个人，的确是可以不用取名字的，只需要用你和我来称呼。

有了第三个人，才需要用名字来区分。

翩翩问花城娘子：这次你生出儿子没？

哎，还是个丫头片子啊。

你看你，我说你是个瓦窑吧！

别看翩翩平时一副贤良淑德的样子，其实也是牙尖嘴利的主儿。

两个神仙姐姐调笑着，浮游浪子的心里却掀起了波澜。

这花城娘子岁数是比我大了点，可是风韵犹存啊，比起翩翩……

水果掉地上，假装下去捡拾，偷偷地捏花城娘子的小脚。

咳咳，注意了！

这个重要的时刻，第一反应是他觉得裤袍无温，突然变得冰凉凉的，再一看，完了！身上的衣裤变成了芭蕉叶！

他赶紧凝神聚气，不敢有邪念。衣服又变回来了！

看到这里，心里是否和翩翩一样，泛起一种"饶你奸似鬼，还是要喝老娘的洗脚水"的快感？

过了一会儿，他"旧病复发"，趁吃饭夹菜之际，又偷偷地揩油，去摸花城娘子的小手，哇！衣服又变成了芭蕉叶！

花城娘子说：哎呀，你家的这个男人老不正经了！

翩翩轻描淡写地说，这样的花心渣男，冻死他算了！

两人啪，一起击掌。产品试验成功！可以上市！

这个芭蕉衣裤的创意已经具有互联网思维——把人类抽象的需求迅速变成简单直观的产品。和《镜花缘》里的云彩识别人的善恶有异曲同工之妙。

小时候看《镜花缘》，有一段深得我心。

某国，每人脚下一朵云彩，脚踩黑云的是恶人，五彩的最尊贵……只要看云，就能识人，多简便易行啊！

自古以来，人心最难测。

谁是坏人，谁是好人，谁的心里这一刻升腾起了恶念，谁对你移情别恋？多费思量啊！

如果能有一种什么神器，一秒就能辨别，那该多好！

李汝珍和蒲松龄也在思考这个问题。

他们的产品虽然还只是个构想，但不是没有实现的可能。

比如，给男人穿上某种特殊材料的衣服，可以实时监测他的呼吸的清浊，脉搏和血压的变化，激素水平的高低，瞳孔是否扩大……然后，将这些数据传输到计算机进行判断，一秒之后，叮咚，好了，他的衣服也变成芭蕉叶了！

喏，就是这样，变成了芭蕉叶！家里的悍妇，这时候可以理直气壮地胳膊抡圆了一个大嘴巴抽过去！哼，老炮儿，啥炮也得服服帖帖！

但是，这里头还是有漏洞，悍妇也不可能随时跟着，或者这件衣服的辐射范围也很有限，有可能在使用的过程中效果并不那么精准，最大的漏洞是男人不会老老实实地穿着。管他呢，裘千尺说过，丈夫丈夫，只有一丈，一丈之外，就不是夫了！

07 再好的铲子也铲不开一个人的心

一开始读聊斋里的《青娥》，有一种不明来由的不快。过了一段时间再看，还是不舒服。细细地品味，找到了原因。一个深情到摧枯拉朽的男人，和一个凉薄、一心成仙的女人。这种不对称的感情关系让我不愉快。

我们希望看到的感情是棋逢对手、你来我往、你侬我侬的，最不济也要欲迎还拒、半推半就吧。

男主角霍生，十三岁时，偶然瞥见邻居家十四岁的美少女武青娥，惊为天人。让母亲去求亲，果然没有成功。

为什么必然不成功呢？

不是霍生的问题，他家世清白，聪慧过人，十一岁就考中了秀才，被誉为神童，长得应该也不难看。问题在青娥以及其父身上，青娥的父亲一心求道，竟然抛弃妻女，入山不返。青娥从小偷看父亲的书，追随父亲，倾慕何仙姑，一心成仙，立志不嫁。

小小的霍生无以为计，苦闷极了。

就在这时候，聊斋里最具人道主义精神的道士出场。他送给霍生一样大杀器——一把小铲子。不要小看这把小铲子，物虽微，坚石可入。斫墙上石，应手落如腐。相当于右手一把倚天剑，左手一把屠龙刀，这在情场上还不无往而不利啊！

霍生马上领会到其中的奥妙：穴墙，则美人可见。有天夜里，他偷偷地溜到武家，拿出小铲子，挖了两重墙壁，到了中庭，看见一间小厢房亮着灯，房里面青娥正在卸晚妆。等到灯火熄灭，众人都睡着了。霍生挖个小洞钻进去，悄然登榻，又恐青娥惊觉，必遭呵逐，就潜伏在绣褥之侧，略闻香息，心愿窃慰。挖了半夜墙累极，又兼心满意足，他竟然在青娥枕边睡着了！

后来呢？后来被发现，被武家人举着火把、拿着棍子逮住了。

他目光灼灼地、坦然地说：我不是盗贼，也不是采花贼，我只是爱而不得，不得不如此。

后面，蒲松龄又安排了几场戏，让霍家人的求婚屡遭挫折。幸而青娥从中转圜，加上外人帮忙，两人终于结为连理。

如此说来，青娥对霍生还是有感情的？

非也非也。

两人共眠已成事实，在那个时代，除了像吴妈一样自经或者自投之外，就是嫁给对方咯。她选择嫁给他，并非出于深情。

且看新婚之夜，她一进门，就愤愤地把小铲子往地上一扔，说：这等盗贼才用的腌臜东西，你拿去吧。

霍生倒是喜不自胜，捡起小铲子，说：这是我的媒人啊。"珍佩之，恒不去身"。别的读书人挂个玉佩，他随身挂个小铲子。这个呆子，深情到令人莞尔。反观青娥，再看看霍生，不免使人心酸。

你喜不自胜，她满腹怨怼。你视如珍宝，她弃如敝屣。你感叹终于得到了她，她暗恨你耽误了她的修行。

婚后的生活如何？

台湾漫画家朱德庸曾经调侃过：男人可以为了爱情拼命，后来发现婚姻要了他的命。

霍生娶回的不是一个知冷知热的妻子，而是一个冰雪女王。"女为人温良寡默，一日三朝其母，余惟闭门寂坐，不甚留心家务"。生一子孟仙，所有的哺育都交给仆人，不甚顾惜。

现代有"三不"男人：不主动、不拒绝、不负责。青娥正是此类"三不"女人。

若是情深义重之人，必将两人的生活视如天堂。在青娥，却是炼狱，命中该有此劫，挨过命定的八年就可以升仙。八年以后，她告辞，盛装躺在床上，气绝身亡。

却看霍家人如何待她？

"母子痛悼，购良材而葬之。母已衰迈，每每抱子思母，如摧肺肝，由是遘病，遂惫不起。"

霍家人的深情与热烈，与她的冷感和超然形成鲜明对比。

你有削铁如泥的小铲子又如何？你还是铲不开一个人的心。

一个深情的男子，连神仙都要帮助他。霍母生病之后，思鱼羹。霍生驱驰百里去买鱼，迷失归路。遇到一个自称"老王"的老翁，说此地有佳人可以匹配。

待母亲病愈，霍生去找"老王"指引的村落。落入悬崖，幸好绝壁半腰有个小台子，仅能容身。足边有小洞口，慢慢蹭进去。突然发现有灯光，有屋舍，一丽人从房里走出来，正是死去的青娥！

这难道是阴间么？

青娥说：不是，这是神仙洞府，我终于升仙啦，先前我并没有死，我会障眼法，你们埋的只是一根竹竿。你今天能找到我，也算是有仙缘。于是青娥带霍生去见那个抛弃妻女一心成仙的老丈人。

当天晚上，安排住下，霍生想同妻子欢爱，遭青娥拒绝。两人正在拉扯，武翁闯入大骂："俗骨污吾洞府！"霍生不能忍，说："儿女之情，人所不免，长者何当伺我？无难即去，但令女须便将去。"

只要你答应女儿跟我回去，我就走。

父女俩假意答应，打开后门，待霍生先出去，砰的一声关上了门。绝壁如镜，哪里有一丝缝隙可以再进去见到青娥！！！

哎，世上有多少"如有神助"，就有多少"然并卵"。

此时，斜月高挂，星斗已稀。面壁叫号，无人应答。满腔愤懑，绝望如狼。

那一幕，想起来，我的小心脏都忍不住替他心痛。

霍生愤极，腰中出铲，凿石攻进，瞬息凿进去三四尺许。隐隐闻人语曰："孽障哉！"霍生更加奋力发掘。忽然洞底开了两扇门，青娥被推出来。青娥怨恨地说："是哪里的老道士给你这个凶器，把人缠死？"这一刹那，99.99%的人类大约都觉得意兴阑珊吧，既然对于你来说，如此勉强而怨怼，挖开绝壁还有什么意义？我一个人掉头回去，你继续当你的神仙吧。

　　可是，像我先前说的：世间最无敌的就是"YES, I DO"。

　　他愿意。从头到尾，他都是单恋一枝花。

　　神仙只能给你指路，给你一个大杀器，但他不负责帮你打开一个人的心。

　　心，居然连神仙都无法插手。

　　那是超自然唯一无法抵达的地方。

　　不过转念一想：我们或许应该庆幸，人类身上终于留下了一块"化外之地"。

　　我们的耳鼻身舌，都可能被工具异化，被道德戒律驯化，唯独心，拒绝归化，它要拥有自主权，而且不是七十年，是永久的自主权。幸甚至哉！

　　不然，我们还剩下什么？

08 这熙熙攘攘的情场
只如粪壤？

《聊斋志异·绩女》和《丑狐》一样，是一篇极短极怪异的小说，它对于聊斋中的情场故事具有一种解构的意义，和其他"一言不合开始肉搏"的故事形成了左右互搏。

绩女是熙熙攘攘的情场里的一股清流，她的出现是对原始情欲的拨乱反正，有一种高潮后的虚无和倦怠，甚至是一种反省和逃离。

这个故事发生在浙江绍兴，某天晚上，某个寡居无后的老妪正在织布，一个十八九岁衣着华丽的少女推门而入：老婆婆，你不累么？老妪惊问她干吗，她说：我可怜婆婆一个人独居，特来相伴。老妪怕她是侯门逃出来的侍妾。她却说：我和婆婆一样孤身一人，我喜欢婆婆的干净，两个孤单的人做伴不好么？

老妪又疑心她是狐妖，她竟然跳上织布机开始织布，表明靠她的技能完全可以养活自己。老妪看她温婉可爱，也就收留了她。

这时候一个特别可爱的细节出现了：

　　夜深人困，姑娘说：婆婆，我的铺盖卷儿还放在门外呢，您出去上厕所麻烦帮我拿进来。

　　老妪果然寻得一个铺盖卷儿，进来铺上，香滑柔软。老妪也打开自己的布被，与女同榻。睡下之后，老妪——这个退居二线的情场中人，脑子里居然翻滚出许多绮丽的念头：唉，遇到如此佳人，可惜我不是男儿身。

　　女子笑着说：婆婆七十多岁的人了，难道还有什么不切实际的妄想么？

　　老妪吓得赶紧说：没有没有，老身没有。

　　女子说：如果你没有妄想，怎么想做男子呢？

　　老妪越发怀疑她是狐妖，吓得牙齿打战。女子又笑着说：既然愿意做男子，干吗又怕我呢？

　　老妪吓得股战摇床。

　　女子嘲笑她说：唉，针尖大点胆子，还想做男子！我实话告诉你，我是天上的仙人，我不是来祸害你的，只要你守住你的嘴，可保衣食无忧。

　　第二天早上，老妪早起拜于床下，碰到拉她起身的仙女的手臂。那只胳膊到底有多诱人，蒲松龄用了八个字：臂腻如脂，热香喷溢。

　　老妪心动，复涉遐想。

　　仙女嘲笑她：

　　才刚吓得两股战战，这会子又开始胡思乱想了。你如是男子，肯定为情而死。

老妪也撩得一手好妹，说：我如果是男子，今夜哪得不死？

这哪里像一个寡居的正经老太太，活脱脱是那个卖酸梅汤的王婆。

从此，两人每天织布为生，仙女织的布匹更是晶莹如锦，价格是别人的三倍。

这样过了半年，没人知道仙女的存在。

后来老妪渐渐向亲戚泄露了秘密，老姐妹们都求老妪，想见见会织布的仙女。仙女说：你不能保守秘密，我不会在这里长住了。

老妪悔恨自己失言，哭着求仙女原谅。仙女说：女伴来见我倒是无妨，就怕有轻薄男儿。仙女架不住老妪哭着求她，答应了。

从此，各类女人拿着香来朝拜她，她不交一语，唯默然静坐。

一批群众都涌来看她，一边是心旌摇曳的性感吃瓜群众，一边是美若天仙而不自知的毫不心动的冷感仙女，形成了极其有趣的映照。

绍兴当地有姓费的书生（清朝时，绍兴有大量姓费的读书人在北京当幕僚，蒲松龄在细节上是过硬的），倾其所有，以重金贿赂老妪，但求一见。

把人家仙女当青楼头牌了？

老妪一口答应下来，王婆嘴脸一步一步显现。

仙女知道了，责问她：你这是打算把我卖了？

老妪装作可怜，跪在地上求她原谅。

一开始，她选中寡居的老妪，无非是图她人设简单，哪里晓得这熙熙攘攘的人间，哪里还有清心寡欲的人？

好吧，你贪其财，我感其痴，我让他见我一面吧。

第二天，费生拿着香烛来见她，隔着一重帘子，若隐若现地目睹了仙女的容貌，意炫神驰，不觉倾倒。怅恨之间，瞥见帘子下仙女的双翘，瘦不盈握。费生又搬出腐臭冲天的绝技，在墙上为那双小脚填词一首——《南乡子》，末尾一句更是酸臭作呕：一嗅余香死亦甜。

仙女看了题词，极为不悦，对老妪说：我们缘分已尽。

老妪伏地请罪，仙女说：罪不在你，我偶堕情障，以色身示人，才被这等淫词污亵。若不赶紧搬到其他地方去，恐怕陷身情窟，转劫难出。

于是，她转身出门，夹着铺盖卷儿一溜烟跑了，转瞬即逝。

这个小仙女，从一个前金瓶梅的文本出逃，企图逃到一个"镜花缘"式的世界。

一个全是女性的，干净的，自食其力的，有智力优越感的世界。

为此，她来到一个干净的江南水乡，找一个全是女性的行当——轻纺业，寻一个寡居无子的老太婆为伴，以为这是"镜花缘"里的毫无情欲的净土。

哪里知道这里的老太太比西门大官人还会说风流话，内心戏比潘金莲还绮丽。

这里的所谓名士，竟然倾家荡产只为见一副色身，瞥见一双小脚，还要在墙上作首酸臭冲天的词。

这人间的情场，端的如粪壤。

她甚至对于仙界也是一种反讽。

比如，云萝公主和惠芳，在下凡期间，谈情说爱，生儿育女，凡人该有的享受一点没少，而物质上，仙人的一切待遇保持不变，末了，脸上还要摆出吃了亏的表情，做"人"不要太鸡贼哦！

反观这些太鸡贼的做法，让我对这个绩女有了一点点敬意。

她本是神仙，料想吃饭穿衣睡觉不成问题，像云萝公主和惠芳，哪里需要自己劳动，伸手往皮囊里一掏，要啥有啥。这个小仙女却完全仰仗十指来生活。就连名字都老实巴交叫绩女，一个织布的仙女。哪里是仙女，简直是纱厂的打工妹。

尤其是夹着铺盖卷儿来，又夹着铺盖卷儿逃走，这个细节简直绝妙至极！一种普罗大众的既视感油然而生，一个朴实到极点的小仙女的既视感扑面而来。

只见过从湖北到深圳的打工妹带着铺盖卷儿，谁见过北上广的高级白领去纽约公干，自己夹着铺盖卷儿的？

她分明只想找个干净的地方，和一个最没有情欲的人在一起，靠劳动过清白的生活。

最后竟然不能！

她夹着铺盖卷儿，飞也似的逃走，这一幕让人哭笑不得！

织布的老妪这里不是她的第一站，也不是最后一站。

只是，这熙熙攘攘的人间哪里有她的栖身之所？

第二部分

人鬼之恋
最痴缠

01

此鬼虽好，
在一起却难

《聊斋志异》中，有《小谢》一篇，篇名又可作《狂生设鬼帐》《二女鬼共侍一夫》《人鬼情未了》，讲的是一个潦倒落魄的狂生历经千辛万苦，和两个可爱女鬼在一起的故事。

王国维谓做学问有三重境界，从《小谢》篇领悟男女情事，也分三重境界。

陕西渭南县，有陶生，家贫，丧妻，夏天苦无凉爽的房屋读书，正好有富翁家闹鬼，宅子空置。留守的几个门房也都暴毙。

陶生却不怕，收拾了笔墨纸砚去闹鬼的宅子苦读。

夜里，两个女鬼来了。一个二十岁，一个十七八，都非常漂亮俏皮，她们一会儿拿脚踹他的肚子，一会儿把纸搓成细条插到他鼻孔里让他打喷嚏，一会儿把他的书藏起来，像捣乱的顽童一样。

面对如此丽质，陶生内心激荡，若不自持，但一想到她们是鬼，再想想那几个暴毙的门房，便凝神聚气，怒喝一顿："这等房中事，我不擅长，你们还是别缠着我。"

两个女鬼又争相下厨，为他熬粥做菜，故意试探说，菜里放了砒霜。陶生说，你们跟我又没仇，怎么会毒死我呢？于是坦然大吃。后来的武侠小说里多有此情节，程灵素初见胡斐，试探他的胸襟也用此招。

后来熟了，一人两鬼居然在灯下好好聊起天来。陶生问她们的姓名，稍长的女鬼叫秋容，小的叫小谢。又问起她们从哪里来，小谢牙尖嘴利地说："哎呀，你连身体都不敢献出来，还像查户口一样问东问西，难道想娶我们不成？"

陶生总算说了实话：不是我不想，实在是人鬼殊途，上床必死！如果你们对我没有爱意，我也无意玷污你们两位佳人，如果你们爱我，那也犯不着让我死在你们手上。

两女鬼相顾动容，竟然无言以对，从此再也不戏弄他。

恭喜陶生，通过了第一关，经受住身体本能的诱惑。那些门房因为失守，所以成了药渣。

接下来是有情人必须经受的共患难关。

狂生因为平时不护细行，时常讽喻时事，得罪权贵，在赶考的时候被人诬陷下狱。蒲松龄写的这些书生，大部分都有个毛病——不护细行，夙偶傥，这种行事风格早晚要出大事。

在三情相悦和悲惨下狱之间，有一段属于三个人的好时光——狂生设鬼帐。

蒲松龄像一个好导演，张弛有度，在命运的暴风雨来临之前，故意延宕了这种愉悦的快感，将故事的弦绷到极限。

陶生在鬼屋居然天天教两个女鬼吟诗作对，写字临帖。

天地空空，只剩这三"人"。先是将小谢揽入怀中，把腕而教她写字。秋容进来，陡然色变，非常吃醋。陶生看在眼里，赶紧将秋容也拥入怀，把笔塞到她手中。秋容才歪歪扭扭写了几个字，陶生就大赞："秋容真是好笔力！"

从此，每天给两女鬼一人发一张纸，写完了交给他品评。小谢本就有书法的基础，没过多久，写得有模有样，秋容却拙劣不成行。每赞小谢，秋容都"粉黛淫淫，泪痕如线"，陶生只得百般劝慰。后教秋容读书，才发现她聪颖过人，过目不忘，陶生和她终夜比赛背书。

后来，小谢把自己的弟弟三郎叫来，拜入陶生门下，每夜，满室咿呀，居然设鬼帐。

对于其他人来说是恐怖夺命的鬼屋，却是陶生的温柔乡。三个俊美聪慧的学生，其中两个还是鬼马精灵的丽人，陶生真真陶醉也。

命运终于露出狰狞的面目，陶生在通往"在一起"的路上，注定还要经受磨难。

赶考中，被人诬陷下狱。陶生自认为无救，哪里知道三鬼有情有义。

三郎去找部院申冤，秋容探监回去途中路过城隍庙，被西廊黑判掳走。小谢百里驱驰，被荆棘刺穿脚底，鲜血淋漓，去狱中见陶生。

三郎申冤成功，陶生被放回。到了第二天天快亮的时候，小谢才匆匆跑进来，告诉他三郎因为重情重义，被阎王托生到富贵人家。而秋容被抢去做小妾，誓死不从，不知道下落如何。

正说着，秋容跑进来。虽然刀杖相逼，她始终不从，黑判官竟然被感动，把她放还。

恭喜恭喜，三"人"在共患难这一关顺利通关。

陶生一激动，果断说：算啦，经历了这么多，让我们一起愉快地滚床单吧，"今日愿为卿死。"二女戚然曰："何忍以爱君者杀君乎？"万万不可啊！

这时候，摆在他们面前的难题是如何打破物种间的壁垒，俗称：翻墙。

无需解锁姿势，但求解锁物种。

这个时候，中国最接地气的宗教上场了。

陶生某天遇到一道士，道士说：不好，你身上有鬼气。陶生把两女鬼的故事讲给他听，道士大赞：此鬼大好，不宜负他！

此道士实在是至情至性之人。

在中国，道士较和尚要通情达理，他们并没有清教徒般的道德热情。在吾乡和湘西，道士一样娶妻生子吃肉喝酒，跟铁匠木匠一样，做道士只是一个养家糊口的职业。

不似法海。

陶生赶紧求助，"人鬼殊途，上床必死"如何破？

道士摇头说：你幸好遇到心好的我，教你一个办法。道士拿出两张符，告诉他，回去听到外面有哭声，让两女鬼赶紧吞下，谁跑得快谁就能托生。

果然，有一日，有人家死了女儿，抬着棺材从门外走过。秋容到底老练，急吞符咒，奔出，得女身。

小谢急着往外跑，却忘了吞符，未遂。

秋容变成人身，洞房夜，小谢终夜痛哭。陶生和秋容好事未成。

罢了罢了，还是去找道士吧。

道士被他打动，决定用法术帮他圆梦。

一日清晨，一个明眸皓齿的少女掀开帘子进来，说：哎呀，我跑了一整夜，快累死了。小谢正好走进来，少女的身体迎上去，合为一体。

他们终于打通关。

陶生后来中进士，做高官，两女也其乐融融。他们从此过上了幸福的生活。

02 当两个表演型人格相爱

似此星辰非昨夜，为谁风露立中宵？这两句诗大美，我认为聊斋里只有杨于畏和连琐这对恋人才配得上。

话说起初，杨于畏和连琐因为吟诗而相识。

杨生移居泗水之滨，斋临旷野，墙外多古墓，夜闻白杨萧萧，声如涛涌。背景非常哥特风。至于杨生为什么要跑到荒郊野外，老蒲并未说明。也许老蒲刻意追求一场艳遇和邂逅，搞不好也是个表演型人格。

夜阑秉烛，果然墙外有人吟曰："玄夜凄风却倒吹，流萤惹草复沾帏。"反复吟诵，其声哀楚。听之，细婉似女子。

第二天，他看墙外并没有人的痕迹，只有一条紫色的带子遗落在荆棘丛中。到了夜里，女子又如昨日一样沉吟。杨生搬个板凳登高望去，女子忽然遁去。

他心里明白是个女鬼，然心向慕之。

第三天夜里，他偷偷趴在墙头，见一女子姗姗地从草中走出来，手扶小树，低首哀吟。杨微嗽，女忽入荒草而没。

见女鬼犹如香菱，苦吟三日还无下句，杨生续之曰："幽情苦绪何人见？翠袖单寒月上时。"久之寂然，杨乃入室。

只有写诗的人才知道抓耳挠腮寻不到下句的苦处，也只有写诗的人才知道凑几个完整的韵脚那种通体泰然的感觉啊！

杨生回到室内，刚坐下，见一丽人进来，称赞他是风雅之士。

杨生大喜，他搬到这个鬼地方来，不就是要上演一出"为谁风露立中宵"的戏码么？

却看丽人在杨生眼里是何等模样："瘦怯凝寒，若不胜衣"。瘦成一缕诗魂，正符合他的审美期待。

于是两人絮絮地询问生平。

她，陇西人，随父流寓。十七暴疾殂谢，今二十余年矣。

陇西，陇西。那可是唐朝边塞诗的诗眼啊！

两人聊得兴起，其间杨生色胆包天，向其求欢，因为"人鬼交，减人寿"，杨生终于按捺住自己的欲望。临行前，连琐看见杨生案头摆着元稹的《连昌宫词》，说，生前最爱读此，今视之如梦。

由此，每天夜里，但闻微吟，顷刻必至。与谈诗文，慧黠可爱，剪烛西窗，如得良友。

连琐每于灯下为杨写书，字态端媚，又自选宫词百首，录诵之。

一个人的喜好总是不经意暴露出她的出身和经历，宫廷、战争、流落，这些可能是连琐的身世。

除了喜欢宫词，连琐还让杨生购置了围棋和琵琶，每夜教杨生手谈。连琐有时挑弄弦索，作"蕉窗零雨"之曲，酸人胸臆，杨生不忍卒听。连琐又为"晓苑莺声"之调，杨生顿觉心怀畅适。视窗上有曙色，连琐才依依不舍地离去。

总之，两人过上了高雅如宫廷沙龙的日子，连琐简直就是一座行动的文史馆、一部高雅文化的索引。

如此具有表演型人格的两个人，如果没有观众，该多无趣啊！

该其他人上场了。

话说杨生有一个朋友薛生，某天造访，发现异常，杨生只好如实相告。薛生思慕如狂，必求一见。杨生夜间见到连琐，转告了薛生的意思。

连琐勃然大怒，斥之为"恶客"。

薛生另外邀了两个朋友，不管不顾，天一黑就摸到杨生家里，蹲守女鬼。

正当大家都要昏昏欲睡的时候，忽闻吟声，共听之，凄婉欲绝。薛生正倾耳神注，有一个武生王某，掇巨石投之，大呼曰："作态不见客，那甚得好句。呜呜恻恻，使人闷损!"

令人笑喷！

林黛玉的美好，薛蟠哪里领会得了！

在杨生眼里，连琐慧黠可爱，在一个五大三粗的武生眼里，却是扭捏作态，闷损之人。

过了几天，连琐忽然来了，哭着说：都是你，招来一群恶客！把我快吓死了，我们的缘分到头了！

于是涉阶而没。

佳人杳去，杨生形销骨立，思念如狂。

忽然有一天，连琐掀开帘子进来，一句话不说。杨生再三询问，她才道出此行的目的。阴间有个龌龊小官，强逼她做小老婆，她前来找杨生救命。

杨生大怒，但不知道如何跟一个阴间的小吏决斗。连琐说自然会到他梦里引导他去。

第二天，杨生午后薄醉，蒙眬中，连琐授以佩刀，引之去。进一个庭院，听到门外有人用石头砸门，开门一看，一个须如猬毛的凶鬼。凶鬼一石头砸到杨生的手上，佩刀落地，眼见着非但保护不了佳人，连自己都性命堪忧。

杨生突然瞄到那个不待见连琐的武生，大喊救命。武生果断射死须如猬毛的家伙。连琐和杨生才得救。

为了报答武生，连琐将一把珍贵的宝刀赠予他，那是她父亲当年出使粤西时重金购买，非中原之物。

武生大喜。你爱佳人，我爱宝刀。各取所爱。

剩下的就是如何让连琐复活了。

两人交合，连琐获得男人的精血，渐渐有生意，又让杨生取利刃刺臂出血，女卧榻上，便滴脐中。

连琐约定，百日之期，坟头有青鸟鸣于树梢，即速发冢。

李白有诗云：何许最关人？乌啼白门柳。

两个表演型人格的人，最后一个场景设置，完全符合李白的诗意。

百日，一对乌鸦在柳树上啼叫。杨生赶紧挖掘坟墓，棺木已朽，而女貌如生，摸之微温。杨生将之抱回家。连琐慢慢地活了过来，每每忆起那死去的二十年，真觉如一场大梦啊！

整部聊斋中，没有一个女人像连琐这样，浑身上下都隐藏着文化的代码。

每个细胞都是如此高雅，然而，我们普罗大众的审美却往往和武生是一路的，整天面对这样的姑娘，闷损！太符号化，太穿凿，不如天真自然的姑娘招人喜欢。

煌煌唐诗中，写美人的诗句何其多，让我神魂颠倒的却只有一人。那人出现在李颀的《古意》中：辽东小妇年十五，惯弹琵琶善歌舞。无一字指涉她的容貌服饰，却让我一次一次脑补那个画面：

天寒地冻之地，那个辽东小妇在一群燕赵悲士中，借着篝火，饮着烈酒，她扭着水蛇一样的腰肢，撩得一群"由来轻七尺"的男人眼睛里，冒出火焰来，直在前襟上烧几个洞。

勾魂摄魄，欲罢不能。

相似的画面还有林青霞早年演的一部片子，我不记得是《笑傲江湖》还是什么，也是一堆篝火边，徐克或者程小东喜欢的那种昏黄如陈酿的光线里，林青霞着古装，坐在一根前后晃动的圆木上，弹着琵琶，边弹边唱，是黄露的那种绵长旷达的调子。

她仰过头去，脸如皓月，一双白足踩在稻草上，打着拍子，令人心旌摇曳。

如果有她，我愿意浪迹江湖，过刀尖上舔血的日子。

03

断舍离哪有那么容易？
连鬼都做不到！

汤显祖在《牡丹亭记题词》里有名言曰："情不知所起，一往而深。生者可以死，死可以生。生而不可与死，死而不可复生者，皆非情之至也。"

在他看来，只有杜丽娘这样的女子才可称得上至情之人，为情可以死，又可以复生。

哎呀，反正臣妾是一样也做不到。

照说，深情这种事已经被汤显祖写到了极致。

蒲松龄就不服输，偏偏写出《章阿端》来，在至情的道路上另辟蹊径，令人动容。

这个故事有一男两女：

戚生，少年蕴藉，任侠使气，又放荡又深情。

戚妻，与戚生夫妻情深，又痴情又大气。

章阿端，婉妙无比，又善良又柔弱。

先说当地大姓有巨宅，因为闹鬼，低价出售。戚生胆大，买下来。全家搬进去，果然闹鬼，开始死了一个丫鬟，接着戚妻又

057

死了。

都劝他搬家，戚生却不信邪，一个人抱着被子独卧荒亭，没什么异响，亦竟睡去。忽然被一只咸猪手摸醒，睁眼一看，一个"挛耳蓬头臃肿无度"的老大婢正"以手探被，反复扪搎"。

戚生知道她是鬼，捉臂推之，笑着说："尊范不堪承教！"老大婢"敛手蹴蹀而去"。

"敛手蹴蹀而去"，六个字，把非常饥渴而又羞愧的内心摹绘如生，令人莞尔。

让婉妙如仙的章阿端直接上场不好么？为什么还要先搬出一个丑得可怕饥渴得惊人的老大婢？让戚生直接和章阿端欢爱到飘飘欲仙不行么？

如果这样写，只有动作和主人公，直奔主题，不跟看A片差不多？

这正是老蒲的有趣和高妙之处，这些丰富的细节和旁逸斜出的小插曲，使得小说有了质感，有了气息，有了弹性，有了趣味。

少顷，一女郎上场，被戚生裸而捉之，"对烛如仙，渐拥诸怀"。她介绍说自己叫章阿端，嫁给一个浪荡公子，被横加凌辱，忧郁而死，埋在这里已有二十年。

两人遂相欢爱。

第二天夜里，章阿端又来了。戚生愀然说，我的妻子不幸死了，我实在是忘不了她，你能把我的思念带给她么？

章阿端非常感动，"君诚多情，妾当极力"。从这一夜开始，善良温柔的她开始为了戚生夫妻的团聚奔走于人世和冥界之间。

那你要问了，为什么她可以来去自如，而戚妻不可以？

她属于冤死的鬼魂，如果不自己去报到，阎王是不会知道她的。她相当于冥界的一个黑户。

经过她的打探，戚妻还没有投生，因为一个案子没结，暂时关押在药王殿走廊里。

她通过向监视的人行贿，能把戚妻带回人世。

当天夜里，二鼓向尽，老大婢果然把戚妻领回来。

"生执手大悲，妻含涕不能言"。

夫妻情深由此可见一斑。

这种阴阳相隔还能复见的惊喜来得太突然，竟然是用眼泪来庆贺的。

善解人意的章阿端退去，让戚生夫妻共话契阔。

戚生夫妻"上床偎抱，款若平生之欢"。

在这偷来的时光里，一晃过了五天。

戚妻突然哭着说：明天我将投生到山东一个富贵人家，从此不再相见相识，奈何奈何！

戚生听说，挥涕流离，哀不自胜。

善良的阿端再次站出来，愿意去贿赂押生者，暂缓十天。

阿端愣是在生和死的空隙里，为他们又偷来十天的光阴。

如此情深之人，上哪里去找？

当天夜里，戚生不让阿端离开，"留与连床，暮以暨晓，唯恐欢尽"。

十二个字，字字锥心，字字泣血。

一人两鬼，深情如斯。欢爱吧，像明天就是末日一样。

戚生又放荡又深情，着实让人恨不起来。

岂止是恨不起来，甚至是怜悯。

唯恐欢尽，岂止是他一个人的怕，是天下有情人共同的恐惧。

为了让"欢"延续下去，人类借助文学、音乐、绘画，使之凝固且永恒。甚至创造了另外的时空，比如冥界仙界，不惜在想象力的边界上一再开疆拓土，让我们的"欢"可以绵延，永远永远不要停止……

十日期限将到，夫妻终夜痛哭，终究是舍不得放不下离不开。

再问计于阿端，阿端说：真的太难了，不过姑且一试，你烧百万冥资，我去贿赂押生者。

押生者见如此多金，让其他的鬼代替戚妻投生去也。

谁人不乐生而乐长死？

戚妻也。

断舍离哪有那么容易，连鬼都做不到啊！

自此，三人日日夜夜在一起。过了一年多，阿端病了。

鬼也会生病？原来人死为鬼，鬼死为聻，鬼之畏聻，正如人之畏鬼。

戚妻四处奔波，找来鬼医，为其做法，得知是阿端死去的恶夫在追索她。

刚刚得到温暖和真情的阿端重新陷入恐惧和迫害中，她"拉生同卧，以首入怀，似畏捕捉"。

终有一天，戚生有事出门，回来听到戚妻痛哭，打开被子一看，白骨俨然。阿端已为聻。呜呼，连做鬼都不成了！

深情的戚生夫妻并没有忘掉她，又请冥界的道士和和尚来做法师，终于解脱了她和恶夫的孽缘，投生为城隍之女。

而戚妻呢？

当年贿赂押生者偷死之事终于败露，再也无法相守。

她说，情之所钟，本愿长死，不乐生也。今将永诀，得非数乎！

说完，她的面庞形质，渐渐渐灭。

这有情人的情，再打开十维空间，也不够用。

终有竟时，终有竟时，终有竟时。

从情苦中，了悟无常。

这大约是老蒲给有情人的苦口婆心吧。

04 男人套路深
是种什么样的体验？

　　中国人对于传宗接代的执念，在聊斋里的《湘裙》有深刻的体现。故事说的是晏仲，陕西延安人。晏仲和哥哥晏伯感情极深，可惜哥哥三十岁就死了，没有留下子嗣，嫂子不久也亡故。如此一来，哥哥晏伯这支香火断了。

　　晏仲想，如果生两个儿子，就过继一个给哥哥，可是妻子生下一个儿子后，也死了。

　　怎么办？娶妻再生咯，一直到生出儿子为止。

　　神奇的事情发生在他去物色一个妾，失望归来的路上。

　　暮色苍茫中，醉醺醺的他碰到一个死去的同窗，对方热情邀请他去家里做客。两人走着走着，看见一个妇人骑头驴子，后面坐着一个八九岁的小男孩，相貌神态极像哥哥晏伯。

　　他跟过去追问，原来哥哥到了阴间之后，又纳妾甘氏，也就是骑驴的妇人，生了两个儿子，小男孩是阿小。

　　于是，兄弟俩在阴间愉快地相会了。

　　会谈的重要内容一是如何让阿小回到阳间，替晏伯传递香火;二是晏仲想娶个贤惠的妻子把自己的儿子和侄子养大。

兄弟俩躲在房间里商量时,窗户外有个少女在偷听。晏仲偷偷看去,模样很温婉。以为是哥哥的女儿,便询问晏伯,晏伯说,这是小妾甘氏的妹妹,湘裙。从小父母双亡,一直跟着他们生活。

晏仲问,嫁人了么?

还没有,最近媒婆介绍了东村田家的孩子。

湘裙在窗外嘟囔道:我才不嫁那田家的放牛郎呢。

晏仲不觉心动,未便明说。本来要回家的,为了多接触湘裙,晏仲在哥哥家住一晚上。

当时是初春,书房里没烧炭火,森然冷坐,如入冰窖。这时候来点小酒小菜,再来点火烤,该有多惬意啊!

鬼大约是不怕冷的,所以哥哥嫂嫂自去睡了。

一会儿,侄子阿小推门进来,把一碗肉羹、一斗酒放在桌上。晏仲大喜,问是谁让他来的。

湘姨。

待晏仲喝完酒,吃完肉羹,阿小又去端个火盆进来,烧着木炭,盖上灰,放在他床下。

你爸妈都睡了?

早睡了。

那你跟谁睡呢?

湘姨。

这一夜，床下有盆火，晏仲心里也有一盆火。

这湘裙既聪明又善解人意，重要的是她能善待阿小。

晏家的那盆香火没有她，断不可能旺盛地烧下去。

这个男人心里全是家族的香火和算计，不谙世事的湘裙付出的那一羹一酒一火都是真爱。

第二天一早，他起来就跟哥哥说：哎呀，我没有妻子，你可要替我物色啊！

哥哥说：阴间倒是有佳偶，但是对你没有什么好处。

晏仲又说：古人也有娶鬼妻的，有什么害处呢？

毕竟大家都是成年人。哥哥瞬间明白了他的心思。说，湘裙很不错，但需要拿巨针刺她手腕的人迎穴，如果鲜血淋漓，说明她能做活人的妻子。

嫂子忍不住插言：我们把湘裙抓过来，用针刺一下，不行就算了。

嫂子拿着针出去，迎面碰到湘裙，抓住她的手腕，正准备刺下去，手腕上血痕犹湿。原来她在窗外偷听之后，自己急吼吼地试验过了。

慢着！按照成年人的套路，故事不应该这样发展。

难道不先欲迎还拒一下，不欲擒故纵一下？不坐地起价一下？

一见面就贸然亮出底牌，第一把就甩出四个二，人家手里还有两个王呢，姑娘。

果然，这个不懂套路的小女鬼遭到了成年人的无情嘲笑。

首先是那个嫂子，自己生不出孩子，小妾连生两个儿子，早就心怀嫉恨，这下小妾的妹妹献丑了吧！

嫂子跑去甘氏那里，笑得极其响亮，哎哟，妹子啊，原来湘裙早就自己相中了小叔子，哪里用得着我操心呢。

甘氏臊红了脸，冲过去用手戳妹妹的眼睛，骂道：你个淫婢，毫不害臊，还想跟小叔子私奔，我偏不让你如愿。

当然，越缺少什么越要彰显什么。比如坐冷板凳的正室一定要强调自己的性魅力，小妾一定要高标自己的道德感。

晏仲眼看乱成一团，赶紧带着阿小回阳间去。

毫无保留而又如诗如画的少女心，在成年人这里，也许是最没有价值的吧。

过了一段时间，甘氏把湘裙送来了：小叔子这么一表人才，她不嫁你嫁谁呢，我只是教训教训她不懂套路！

湘裙果然贤惠，"卸妆入厨下，刀砧盈耳"。她做得一手好菜，她待前妻之子和侄子如己出。甚至……

有一天，晏仲问，阴间有没有美女？

湘裙回答说：没见过。但是我以前的邻居葳灵仙，村里男人都认为很美，我瞅着长相一般，就是很会修饰自己。我内心很鄙视她的淫荡，如果你想见，顷刻间她就能来，不过你最好不要招惹她。

姑娘，你又不懂套路了。

葳灵仙，就冲这名字，是个正经姑娘的名字么？一看就善于乔张做致，显然对于男人来说，是一颗行走的"春药"。而且你说你分分钟能把她召唤到阳间来，这个时候你让晏仲不要招惹，不是太天真么？

果然，晏仲死都要见这个葳灵仙。

湘裙要他发誓一定不能被葳灵仙迷惑，晏仲好一番赌咒发誓。

相信男人的话？呵呵。

湘裙只好在纸上画了一道符，拿到门外烧了。

顷刻间，一位高髻云翘，一副乡村非主流打扮的女子笑着进来了。

两人当着湘裙的面去了另外一个房间。以后的每一天，葳灵仙不请自来，晏仲离死越来越近。湘裙试图阻止，无奈打不过葳灵仙。

晏仲飘飘悠悠到了阴间，遇到了哥哥，幸亏哥哥出面教训了葳灵仙，又贿赂阴间小吏，把弟弟放还阳间。

从此，晏仲彻底消停了。

阿小果然不长寿，三十岁时死去，留下了子嗣。晏仲一直活到八十岁，把阿小的儿子都抚养到了二十岁。晏家的香火终于传递下去，他的历史重任完成了，寿终正寝。湘裙一生无所出，先晏仲半年卒。

她的一生，真当得起"贤"这个字。

让人想起影视圈的某"才子"导演和两女在总统套房打夜光扑克，其妻，某国内一线女星曾说，只要回家就好。

也是贤妻啊！

对不起，几千年过去了，我们中国的土壤还是很难长出美剧《傲骨贤妻》里的那种傲骨贤妻！

湘裙和晏仲后来的五十多年都是空白，只剩一笔带过的简历，是一篇新闻通稿。而以前分明也算一首情诗。

我不无偏激地想，这大约是中国大部分夫妻的真实婚姻状况。我们的确与子偕老了，可是执子之手了么？也执手了，可是再也感受不到对方的温度和脉搏。我们握的是一只冰冷僵硬的手。

在我们逐渐老去的时光里，会常常回忆起那个少女，躲在窗户外偷听，迫不及待地拿针刺自己的手腕，鲜血淋漓，满心欢喜终于有和他在一起的资格。

这是她一生中唯一的勇敢，也是她最后的毫无保留。

后来，她必须慢慢适应这个套路很深的男人，认识人性的弱点和婚姻的真相。

从此之后，她就枯萎了。

她很快被遮蔽，被芟除，被吞没。

05 你的名字，
是世间最美的三个汉字

一个女孩子得有个好名字，这样才适宜被爱人呼唤。

《聊斋志异》里有一个关于名字的故事——《伍秋月》。

女主角叫伍秋月。

伍——秋——月——

仿佛一个不忍说破的好梦。

这个念她名字的人叫王鼎，江苏高邮人。慷慨有力，广交游。常远游，动辄一年不回家。哥哥王鼐劝他：别出去浪荡了！哥哥给你物色个老婆，好好待在家里成个家生个孩子！

可是，王鼎不听，买舟南下，去镇江访友。好友不在，只好租住在江边旅店的阁楼上。江水澄波，金山在目，心甚快之。

次日，友人来，请他移居，他竟然不去。颇有王子猷雪夜访戴安道的洒脱率性。

接下来一连串奇遇，恐怕也只能发生在一个如此洒脱率性的人身上。他在阁楼上住了半个多月，每夜梦见一个女郎，年龄大约十四五岁，容华端妙，两人做了一些不可描述的事情。

如是三四夜，醒来之后觉得特别怪异。于是这一夜不敢熄烛，才刚刚迷迷糊糊睡着，那个梦中女郎又来了，两人开始耳鬓厮磨。他急忙睁开眼睛，一个如仙少女实实在在地抱在怀里。

王鼎知道她绝非人类，但心里实在是喜欢。女郎且把身世一一道来。

我的名字叫——伍秋月。父亲是名儒，精通易经，非常宠爱我，推算我不得永年，所以一直没有许配人家。后来十五岁果然夭亡，就埋葬在这个阁楼的东边，令与地平，亦无冢志，惟立片石于棺侧。石头上刻字：女秋月，葬无冢，三十年，嫁王鼎。

今年刚好是三十年，你正好来了。我心里高兴，亟不可待地准备自荐枕席，又羞怯，只好假借梦寐。

率性的王鼎听了，大乐。择日不如撞日，与其假借梦寐，不如我们今天就把生米煮成熟饭吧。

秋月说：我现在阳气很少，欲求复生，实在是禁不起这样的狂风骤雨。以后好日子还长着呢。

两人每天坐对笑谑，欢若平生。

王鼎作为一个永远在路上的青年，无时无刻不向往着诗与远方。

某天夜里，两人中庭漫步，明月莹澈。王鼎突发奇想："冥中是否也有城郭？"秋月回答说："冥间城府，不在此处，去此可三四里。但以夜为昼。"王鼎问："活着的人能见到吗？"答："亦可。"

秋月带着王鼎乘月去。到了一处城郭，秋月用唾液涂在王鼎的眼皮上，再睁开眼，竟然能把黑暗中的东西看得清清楚楚。

如果王鼎不是好远游之人，就不会去冥界游历，也就不会有后面的情节。老蒲写作时真是心细如发，情节丝丝入扣。

话说冥界也熙熙攘攘，行人如织。有两个皂隶押着几个犯人从面前经过，其中一个非常像哥哥王萧。跑近一看，果然是兄长。为什么到冥界来了？王萧是个老实巴交的人，说，不明原因，被强拘而来。

王鼎怒了，要皂隶释放哥哥。皂隶不肯，还非常傲慢。

哥哥王萧说：算了，这是官命，只是他们索贿很多，我钱不够，你回去了多筹措点钱给我。

说话间，皂隶还推推搡搡，好男儿王鼎怒火填胸，不能制止，即解佩刀，立决皂首。一皂喊嘶，生又决之。

果然孔武有力，连杀两皂隶。

秋月大惊，说：你这是死罪啊，赶紧带着哥哥回去，不要摘掉灵幡，杜门不出，七天之后就可以安全无虞。

就这样，王鼎带着哥哥回到高邮，将哥哥从冥界救回人间。

王鼎深情而果敢，慷慨而有力，真真伟男子也。他怎么会丢下秋月一人？

哥哥无虞后，他日夜思念秋月，又南下至旧阁，秉烛久待，秋月竟然不来。

在他带着哥哥终夜奔逃之后，又发生了什么？在他蒙眬欲睡时，一个老妇人进来，说：你杀了公役，他们便捉了秋月去，现在关押在牢里。她日日盼着你来营救呢。

王鼎悲愤莫名，跟着老妇人到了冥界，找到了秋月。两个狱卒正在"撮颐捉履"地调戏她。一役说："既为罪犯，尚守贞耶？"王鼎愤怒地进去，一句话不说，持刀直入，一役一刀，摧斩如麻。

好一个摧斩如麻！

王鼎抱起秋月就跑，幸好没人追上。到了旅店，才猛然惊醒：原来这是一场真实的梦。

秋月说：一切都有定数，这个月月底，就是我的生期。你赶紧去挖开我的坟茔，把我带回你的家乡，每日频唤我的名字，三日可活。

王鼎依言行事，果然挖出小棺材，秋月颜色如生。他用被褥包裹着连夜买舟北上，回到高邮的家中。

每日频唤我的名字，三日可活。果然，在他的拥抱下，在他每日的长唤里，她日渐温暖，三日竟苏。

名字有这样的奇妙用途？竟然能起死回生？

别忘了，《西游记》里银角大王对孙行者说：我喊一声你的名字，你敢答应吗？

道教伏魔降妖的最高法则就是：以鬼之真名驱鬼。这种信仰的基础是中国人根深蒂固的名字巫术，他们认为名字蕴含着魂魄的密码。

还记得《封神演义》里张桂芳的呼名落马？

将名字告知对方，意味着将掌握魂魄的钥匙交到对方手里。如此方可了解中国古代对于婚姻问名之礼的郑重。一男一女，我把名字和生辰八字都告诉你，等于把我的生命全部托付与你。如此方可理解，长唤秋月之名，三日可活。

他们相信如此郑重地托付必有回响。

古人就是如此稚拙，而又如此令人肃然起敬。

06 情场无间道

一寸相思千万绪，人间没个安排处。有的人，有的情，人间都安排不下，只好放到地狱去。

几世轮回，没完没了。从生到死，从死到生，生死不息。

佛经里说，无间地狱极大，广漠无间，打入地狱的阴魂，无法解脱，永远在地狱中受苦。

无间就是不间断的意思，传说中这里的无间有五种。第一个叫"时无间"，意思是时间是没有间断的，日夜受罪，从无间断。第二个是"空无间"，从头到尾，你自己承受，无人可以替代。第三个是"罪器无间"，不停用各式各样的刑具用刑。第四个叫作"平等无间"，是指无论男女，不管你前世是什么身份，同样要受刑。第五个叫"生死无间"，不要以为死了就不再受刑，死也逃不过。

在蒲松龄的《聊斋志异》里，我读到《莲香》一篇，心里咯噔一下：这不就是永堕情海的无间道故事么？

这个故事非常长，据老蒲在后面补充说，当年他庚戌年南游到了沂州，下雨天走不了，住在旅店里。有个叫刘子敬的，是桑生家的一个表亲，拿出同乡王子章写的《桑生传》约万余字，他得以细看了一下。《莲香》只是故事的大概情况。

可见这个故事的原型有多复杂和缠绵。

山东沂州有个叫桑晓的书生，孤儿，一个人住在"红花埠"，听名字有点像酒吧一条街，果然周围都是妓院。

桑生的性格"静穆自喜"，每天除了出去吃饭，就是宅在家里。平常他不与外人接触，大门紧闭，院墙高筑。

邻居戏问：你一个人独居，难道不怕鬼狐么？

他笑着说：如果来的是雄的，我有刀剑；如果来的是雌的，我正好开门接纳。

有一天，邻居故意捉弄他，带了一个妓女，搭梯子翻墙过来，轻叩房门，桑生问谁啊，妓女说，我是鬼。听见桑生吓得牙齿振振有声，他们才回去。

第二天，桑生说起前夜闹鬼的事，邻居忍不住哈哈大笑，告诉他这是一个恶作剧。

谁知这种独居一旦打破，怪事来了。

半年后的一天夜里，有人轻叩房门，桑生以为是邻居又开玩笑，开门一看，是一个倾国佳人。佳人自我介绍说，是西家的妓女，名莲香。两人熄烛上床，绸缪甚至。从此，过个三五天莲香就要来一趟。

有一天夜里，有人敲门，桑生以为是莲香，开门却发现是一个陌生女子，大约十五六岁，风流曼妙。怀疑她是狐妖，她却自言良家女，姓李，愿常荐枕席；又问，你不会还有别的女人吧?

桑生非常无情地说，只有附近一个妓女，也不怎么常来。

李女和他约定，不许向外人泄露她的行踪，在莲香不来的时候，她就过来。而且临走她还留下一只鞋子，告诉桑生只要想她，摩挲这只鞋子，她必然会来。

就这样，在一个封闭的院子里，桑生过着胡天胡地的日子。无人知晓。

有一天，莲香来了，大惊失色，郎君为何神气萧索?桑生遮遮掩掩，说：我自己都没觉得啊。

莲香约定十日后来看他。

这十天里，李女每夕必至。等莲香回来，看见的桑生已经瘦脱了形，你真的没有其他的艳遇?桑生坚决不承认。

莲香说：我给你把脉，发现你的脉象如乱丝，是鬼缠上身的表现。

第二天夜里，李女来了。前夜她偷窥了莲香，她告诉桑生：莲香果然生得美，人类不可能有如此的美貌，所以我偷偷跟踪她，发现她是一只狐狸，住在南山的洞里。

桑生以为是李女善妒，没往心里去。

莲香居然是狐妖!

更奇妙的反转还在后面。

第二天晚上，桑生跟莲香在一起，试探她说：有人怀疑你是狐妖。

莲香问：谁说的？桑生虽然不想供出李女，架不住莲香一个劲地追问，终于招了。

莲香本来就有怀疑，决定第二天夜里偷窥李女，看她是鬼是人。

第二天夜里，李女刚来，忽然听到窗户外有人咳嗽，赶紧逃去。莲香进来说：果然是鬼物，如果你继续跟她欢爱，死期临近！桑生默然不应，以为是莲香吃醋。

桑生执迷不悟，莲香却不忍看着他死。莲香拿出自己调配的药，给他喂下，桑生果然觉得神清气爽。

莲香回去，桑生将她的箴言置若罔闻，夜夜与李女欢会，莲香自知无救，怫然径去。

不出两个月，桑生已经沉绵不可复起。桑生很想回到自己的宗族，让亲人照顾自己，又舍不得佳人。他每天只能让邻居的书童送点稀饭维持性命，夜里李女必至。这时候，他才醒悟莲香是对的，李女果然是鬼物。悔之晚矣。

桑生昏迷后醒过来，不见李女，从此以后再也未来。在生命的最后关头，桑生一心盼望莲香出现。后来，容我快进。

莲香果然是狐妖，她离开的这一百天里，三山五岳地去寻找药草，为他配制起死回生的药丸，终于在他迈往冥路的途中赶到。

桑生之死，这一劫，已在她的预料中。

药丸已到，只差药引。药引就是李女的唾液。

一摸鞋子，李女飘然而至，莲香堵住房门，一鬼一狐正面交手。

在莲香的指责下，李女痛哭流涕，道出身世，她原本是李通判的女儿，早夭，埋在院子外面。已死春蚕，遗丝未尽。心心念念桑生，愿与之永远欢好，害死他的性命实在不是本心。

莲香感叹说，两个傻孩子！夜夜为之，人且不堪，而况于鬼！李女用唾液帮桑生把药丸送下，桑生得以复生。

这三人的孽缘还远远没有完结。

李女郁郁不乐，飘然而去。后借尸还魂在隔壁的张女身上，与桑生终成眷属，结成凡间夫妻。

莲香生下一子，名狐儿。产后身染沉疴，拒绝求医，一心求死，实则等待投胎，约定与他们夫妇十余年后重逢。

十四年后，莲香转世为韦女，音容笑貌与莲香无异，被母亲卖给了桑生。

她回忆说，刚出生时能记得前世的事情，会说话，家人认为不祥，给她灌了狗血，因此忘了宿因。经李女提醒，完全回忆起前世的种种情缘。

于是，三人从此幸福地生活在一起。

读到后来，我心里暗暗腹诽老蒲后半部分写得真絮叨，我复述得也很不耐烦。

可是，情场中事不正如此么？

我们看戏的人早就想散场回家，他们却如火如荼、不厌其烦。

从生到死，由死复生，生而盼死，死而托生。

我们只觉得不耐烦，甚至矫情。他们却几世轮回，饱受深情之苦。

无可替代，无处可逃，无时无刻，不在无间。

桑生的身世和性格都是孤独的，隔绝的，造成了一个独立的"场"，像一口深井，与世隔绝。

根据蝴蝶效应，只要他的场里闯入任何一股力道，命运就会偏航，轮回就会无法继续下去。

所以蒲松龄将他设置为孤儿，一个人住在妓院的附近。来往都是欢客，没有固定而恒久的社会关系。

这个"场"像一座十八层地狱，外人无法身入其间。我们所有的读者和他的邻居都像是趴在井边的人，我们以为里面风平浪静、岁月静好。

其实，他们在里面悄无声息地经历了生生死死，蜕变重生。

他们夜夜欢爱，身染沉疴。

他们几世轮回，不倦不悔。

正是这种俯瞰，赋予我们一种上帝的视角，在观看他们的轮回时生出一种巨大的悲悯和恐惧。

深陷情海，更兼几生几世不得解脱。在你看是苦，在他和她看是甜，他们愿意生生世世永堕其间。

世间最无敌的一句话就是：YES，I DO！你奈他何！

07 —— 听说怨妇变厉鬼？

《聊斋志异》里，我觉得最恐怖的一篇要数《尸变》。仔细解读，其中隐藏了一个中国版的《阁楼上的疯女人》故事内核。

在某县郊，有一对父子，在大路边开了一家客栈。某天黄昏，四个车夫前来投宿。店家老翁说已经客满，车夫"坚请容纳"。老翁想了想，住所倒是有一处，就怕客人不满意。车夫们表示只要有容身之所，不敢挑剔。

这时候，老翁才说明儿媳妇刚死，儿子出去买棺材未归。然后带领四个不怕死的车夫穿到后面的院子里，新亡人躺在灵床上，"纸衾覆逝者"，旁边有连榻。四个车夫奔波了一天，累极，躺在床上呼呼大睡。

睡了一会儿，有一个乖觉的人突然听到奇怪的察察声。急忙睁开眼睛一看，"女尸已揭衾起；俄而下，渐入卧室。面淡金色，生绢抹额。俯近榻前，遍吹卧客者三"。我怀疑《大话西游》里的黑山老妖那个桥段是不是从这里获得了灵感？

眼看着女尸要过来吹自己了，这个乖觉的人"潜引被覆首，闭息忍咽以听之"，蒲松龄写得精彩极了。

我从小就怕鬼，每每夜里听到怪响，就以为鬼来了，反应竟然和老蒲写的一模一样，第一步是以最小的幅度偷偷缩到被子里去，把头整个埋在里面，然而最精妙的是第二步："闭息忍咽"。

屏住呼吸，大约是人人都想得到的，可是"忍咽"实在是需要生活经验，我有过这样的体验，越恐惧，越想吞口水，拼命忍住，可是忍不住，结果你就听见惊雷般的吞咽声，其实那样的声音谁都听不见，因为恐惧，一丁点声音被自己的耳朵无数倍地放大。我真心佩服老蒲对各种感官的细致入微的体验。

话说他躲在被子里，女尸吸完其他人只好回灵床上去。他用脚在被子里狠狠地踹其他人，依然不见有人动弹。他心一横，与其在这里等死，还不如跑出去。刚穿衣服，就听灵床上察察声，赶紧又潜到被子下面，女尸起来又吸一遍，然后心满意足地回床上僵卧。

乖觉的人偷偷在被子里找到裤子，"蹑就着之，白足奔出"。这个故事最恐怖的地方在哪里？当你发现其他人都"绝无少动"，明知那个女尸会追赶，还要跳起来，跑出那扇门。从床上跳起来，到奔至门前拔门闩的这一段是我觉得最恐怖的。

封闭的空间最适宜营造恐怖的气氛。一旦拔开门闩，跑出去，故事就不那么可怕了。果然，女尸在后面追赶。他边跑边号叫，无人应答。只好从村级公路往县级公路上跑，反正往人多的地方跑。前面有座寺庙，能听到敲木鱼声，他赶紧跑上去敲门，和尚居然不开门。就在这一瞬间，女尸已经欺近身来。

正好旁边有棵大白杨树，几人合围。于是搞笑的桥段开始了。"彼右则左之，彼左则右之"，让人想起20世纪80年代流行的那种笨拙的MTV，一男一女，一把年纪，还围着一棵树（一般是椰子树）做相互追逐状，发出令人毛发倒竖的假笑。于是我开始笑场。果然，一旦到了外面的广阔天地，气场一消失，女尸的威力就大减，终于"抱树而僵"了。

但是，老蒲讲的不单是一个鬼故事，其实是一部悬疑小说。首先，这个乡下女人的死很蹊跷。如果是常年缠绵病榻，家中肯定备有棺材，死了之后再去现买，只能说明暴毙身亡。而且"面淡金色"，很明显是重金属超标，搞不清是被毒死还是自己嗑药的，总之是非正常死亡。

很奇怪的是家中突然暴毙一人，除了丈夫出去现买棺材，居然客栈照常营业。生意好到爆满。来了四个粗手大脚、吹气如蒜的车夫，老翁居然将客人安排到儿媳妇的灵床前，他担心的是客人不满意，而不是这样做不合乎规矩。

这个女人在这个家庭的无足轻重甚至是被漠视，到了何种地步？村里离县城只有五六里，丈夫出去买棺材也似乎买了一天，到第二天天亮都没有回来，夫妻情分可见一斑。

这个故事有个漏洞。四人去投宿，因为那天客栈住满了人，才去停尸房住宿，可见当天的人很多，可是当他跑出去，"且奔且号"，想想半夜里，有人发出不似人声的号叫声，居然没人听见，真是怪事。也有可能，就是他极度恐惧，以至于发不出声音，虽然他自认为在号叫，可是别人听不见。

这个女子生前如此的不幸福，难怪一肚子怨气，变成令人恐惧的恶魔。最后她抱树而僵，车夫也吓晕过去。寺庙里的和尚听见外面没声音了，才跑出来看，把车夫抬进去，灌汤灌水，总算救活过来。听他说了离奇的经历，出去探视，果然在白杨树旁有一女尸抱着树。

蒲松龄是这样写的："则左右四指，并卷如钩，入木没甲。又数人力拔，乃得下。"这样的指法大约只有大力金刚指才能比，在金庸的小说里，有几个人能有这等功力？这个女人该集聚了多少怨气和仇恨才能"入木没甲"啊？

蒲松龄其实无意中记载了时代的重大变化。这时候的人似乎不敬重鬼神和魂灵了，在老翁的眼里，显然赚钱的事大过天。而车夫在听了老翁的说明之后，也没觉得躺在灵床边有什么不妥。

当封建伦理和情感开始崩塌，一切以资本和金钱为轴心和引擎，一个新的时代来临了！

那天这个客栈爆满的客人集体失声、失聪、失明，他们一起冷漠地听而不闻、视而不见地看待一个女人的离奇死亡，一个男人的亡命之路。

在这个集体冷漠的舞台上，只剩下一个疯狂的女人，和一个无辜的底层男人在相互追逐搏命。旁边就是一座寺庙，和尚敲着木鱼，念着往生咒，却对生死之事那么漠然。

大约这才是真正的惊悚吧。

08 真爱如鬼

"倘得佳人，鬼且不惧，而况于狐？"

这是《聊斋志异》里最勇敢的表白。这也是古今中外，每一个直男坠入爱河的铮铮誓言！端的是掷地作金石声！

当然，后来他不爱的时候，会骂一句：真是见了鬼！

曾问某男，男人酒后的表白能当真么？

他思考片刻，给出一个非常审慎的答案：男人喝醉时说的话更多的是一种情绪的表达，不要看成一份严谨的合同书。

姑娘们，人家说爱你爱到地老天荒，只不过是在酒精和荷尔蒙的作用下，抒发一下情绪，你却要他在卖身契上按手印，那是万万使不得的啊！

从蒲松龄那个时代到现在，你可以发现男人并没有进化多少。最多是表白的语言从文言文换成了白话文，或者夹杂一点英文。

那些婚礼上的誓言能算数么？

在梦幻灯光的衬托下，在浪漫音乐的烘托下，在婚礼主持人极具煽动力的循循善诱中，在所有观众的瞩目和期待中，论谁都要脱口而出几句情比金坚白首到老的誓言。

有多少"I LOVE YOU" "YES, I DO"是做得数的?

有很多时候，我们是被我们自己发誓时庄严的样子感动得掉了眼泪。哎呀，我这是要扯到昆德拉的第二滴眼泪上去么?

回到正题，说《聊斋志异》里那些男人对女人发过的誓言。

《青梅》一篇，开头说的是青梅的爸爸，是南京人（南京人果然风流蕴藉），有一天从外面回到家，解腰带的时候，觉得带子特别沉，似乎有什么重物坠落在地。转头一看，有一个女子，"掠发微笑，丽绝"。

这位南京市民程先生疑心她是鬼。女子说：我不是鬼，我是狐妖。

这时候，南京市民程先生脱口而出一句誓言，令整部聊斋其他男人的誓言都黯然失色。

倘得佳人，鬼且不惧，而况于狐?

撩得一手好妹啊!

只要能得到你这样的佳人，我鬼都不怕，还怕狐狸?

两年后，生了一个女儿，就是青梅。

"每谓程曰，勿娶，我且为君生男。"这只狐狸屡次对程先生说，你不要娶其他人，我一定会为你生一个儿子的。这句话背后隐藏的深意是其实程先生很介意没有儿子。亲戚朋友都嘲笑他没有儿子。终于，他偷偷地聘了一个王氏。

狐闻之，怒。

把女儿青梅丢给他，怒而离去。

当初连鬼都不怕的深情男子，最后却怕了旁人的议论和讥诮。叫她如何不失望地离去？

还有《公孙九娘》一篇，更值得玩味。

这个故事的背景是山东于七反清复明，康熙元年（1662）起义失败。清政府对起义地区人民进行血腥屠杀，栖霞、莱阳两县受害最烈，牵连很多人，都被杀于济南的演武场，"碧血满地，白骨撑天"。

有个莱阳生去济南办事，遇到在于七一案中死去的同村村民朱某的鬼魂。朱某欲同莱阳生的外甥女结婚，希望当舅舅的去撮合。

莱阳生跟着朱某去了一处大村落——莱霞里，这里埋葬的都是莱阳和栖霞两个地方的新鬼。

本来是给外甥女做媒的，结果他又瞥见了一个丽人，名公孙九娘，心心念念。每夜瞒着仆人往莱霞里跑。郎有情妾有意，被外甥女和朱某看在眼里。撮合成功，莱阳生居然做起了鬼的上门女婿。

昼往宵来，恩爱非常。

有一夜，公孙九娘枕上追述往事，哽咽不成眠。原来她们母女两个是栖霞人氏，当年受牵连冤死。如今，鬼魂漂泊在离家千里之外的地方。

"望你能念夫妻之恩，收拾我的尸骨，迁葬回你祖上的坟地，使我百年之后也有个依托，我就死而无恨了。"

莱阳生诺之。

答应得山响。

他回到寓所，突然一拍大腿，说：哎呀，我忘了问九娘坟墓的门牌号码。赶紧"及夜复往，则千坟累累，竟迷村路"。既然找不到路，他遂"治装东旋"，从济南回莱阳去了。

过了半年，他又去济南，"及抵南郊，日势已晚，息驾庭树，趋诣丛葬所。但见坟兆万接，迷目榛荒，鬼火狐鸣，骇人心目。"

哪里还找得到那个大村落？

只好又骑着马往东回莱阳去。走了一里多路，在坟墓间，看见一个女郎，很像九娘，他下马走过去，准备和她说话，只见女子怒目而视，最后"烟然灭矣"。

蒲松龄还在末尾替天下负心男子呼号："脾膈间物，不能掬以相示，冤乎哉！"男人的一颗心不能挖出来捧给你们女人看，真是冤枉啊！

你冤吗？一点都不冤！只怪公孙姑凉认真了！莱阳生，你当初精虫上脑，要去找她，偏生每夜轻车熟路都找对了地方。一旦对方有所托付，当天夜里再去，"则千坟累累，竟迷村路"。那还真是见了鬼呢。

难怪人说，真爱如鬼，听说世间确乎有，但真见到的人少。

那么，问题来了，我们应该如何对待男人的誓言？

窃以为，对待男人的誓言，和对待蒲松龄讲的鬼故事，态度应该是一样的：姑妄听之姑信之。

剩下的就看你的运气和诚心，以及你天真的程度。

09 愿同尘与灰，
你却说闹鬼？

聊斋里有两个鬼妻的故事，耐人寻味。

《鬼妻》说的是山东泰安有个书生聂鹏云，与妻子鱼水合欢，非常和谐。妻子不久生病死去，聂鹏云坐卧悲思，忽忽若失。有一天，妻子推门进来，说：你日日夜夜思念我，我在阴间感应到了，哀求地下管事的人放我回来跟你幽会。

聂鹏云大喜，两人携手登床，一切和生前一样。从此，两人时不时幽会，转眼间一年过去了。聂鹏云再也不想续娶之事。

宗族兄弟替他着急了，这样不就断香火了？一个劲地劝他再娶，聂鹏云听了他们的话，聘了一个身世清白的宜室宜家的好姑娘。

阳间在密谋一桩婚事，阴间那鬼还在喜滋滋地夜奔。

聂鹏云怕她听了不喜，一直隐瞒着。佳期逼近，这事终于让鬼妻知晓了，究竟是聂鹏云在床上越来越敷衍，还是世上世下没有不透风的墙，反正她知道了。

她痛斥负心的男人：如若不是你对我情意不绝，我就不会冒着被幽冥罚责的危险屡屡夜奔，现在你背信弃义，这是一个钟情的人所为么？

聂鹏云把宗族的意见转述一番。鬼妻终是不悦，愤愤而去。

当女人说"情"，男人说"理"，无异于鸡同鸭讲。

新妇娶进来，洞房花烛夜。新婚夫妇登床灭烛，突然鬼妻蹿进来，一耳光扇在新妇的脸上，说：你是哪头葱，竟敢占我的床？

新妇也极彪悍，起身对撕。

却看聂鹏云，"惕然赤蹲，并无敢左右祖"。

光溜溜的，蹲在床角，谁也不敢袒护，任由两个女人撕打。

这一幅囧样，令人哑然失笑。

这个男人，剥去他所有的外衣，再来审视他，非但不痴情，不勇敢，也无主张。

两个女人对撕到天亮，鸡鸣鬼始去。

天黑女鬼又来了。她用指甲去掐他的肉，默默地瞪着他。

"聂患之"，聂鹏云此时对她再无一丝一毫的感情。

请村里善于做法的人做了四根桃木钉子，钉在她坟墓的四个角上，"其怪始绝"。

四个桃木楔子，惊心动魄，恐怖至极。

何其忍也！

让我想起《连城诀》里的凌霜华，被活生生地钉在坟墓里。这是我认为的最恐怖的死法。

"其怪始绝"，蒲松龄这四个字写得极其冷酷。意思是从此不闹鬼了。

在男人眼里，这是闹鬼。在女人那里，却是捍卫自己的爱情和床榻啊！

夫妻吵架，男人最爱说的一句话也是：你别闹了！

和"红杏枝头春意闹"的"闹"不一样，那是热闹，是人间春意，万千景象。

而这个"闹"，却是不讲理，胡搅蛮缠。

这透着男性的理性思维：我们的确鱼水合欢，但你是鬼，你生不了孩子。怪不得我娶妻，所以你应该识趣地回到坟墓里蹲着。

姑娘，你要识大体啊！

真是着一"闹"字，境界全出！

明明是你先撩的，结果你最后大喊"闹鬼"！

世间许多男子，原本只想猎艳，结果钓起一头鲨鱼。

像韩松落说的，他只想像男人一样爱她，结果她像女人一样地爱他。

男女的本性并不相同：爱情只是男人的甜点，却是女人的主食。

这样就诞生了悲剧。

另一个故事《姚安》，说的是有位书生叫姚安，美风姿，家世又好。放在今天，就是人生赢家，要什么有什么，万千少女齐喊老公那种。

你一定想不到这么美的人有一颗残忍的心，一颗没有安全感的心，一颗贪婪的心。

邻居有个少女，叫绿娥，艳而知书，择偶标准很高。

有一天，绿娥的母亲对人说：门族风采，一定要像姚安这样，我的姑娘才肯嫁！

说者无心，听者有意。姚安动了心思。

假如姚安未娶，倒是一桩好姻缘。可是此时，姚安已经有了家室。想来，他的配偶一定门当户对，可堪匹配。

某一天，他带娘子去"窥井"，"挤堕之"。这个"挤"非拥挤，其实就是用力推，趁其不备，推进井里。

刚才还两人并肩，情意绵绵，看水面倒影你侬我侬。咕咚一声，一刹那，她已身堕井下，水波凌乱，她在呼叫、挣扎。渐渐地，她的头和手沉没下去。水面如镜，映出美男子绝世的容颜，他的脸上没有一丝表情。

终于可以娶绿娥了。

娶回来之后，开始两人很恩爱。

贪婪的人往往残忍，残忍的人往往多疑，多疑的人往往脆弱。

因为绿娥生得美，姚安老怕她给自己戴绿帽子，闭户相守。

如果绿娥回娘家，他的招牌动作来了：以两肘支袍，覆翼以出，入舆封志，而后驰随其后。

举起两只手臂，用袍子将绿娥遮住，送上轿子之后，还把轿子贴上封印，还骑着马跟在后面。

这哪里是护送老婆？这是押解犯人。

他只要外出，就把老婆锁在家里。"女益厌之"，绿娥越来越讨厌他。开始心心念念要嫁的人，后来发现是魔鬼。

桃木钉子钉住的坟墓，古井，上锁的房间，贴了封条的轿子，这些都是幽闭的空间。古代女性被幽闭囚禁的命运可见一斑。

更大的悲剧还在后面。

有一天，绿娥被锁在家里，睡觉怕冷，就把姚安的一件貂皮大衣盖在脸上。姚安从外面进来，以为是一男子睡在他的床上，取刀奔入，力斩之。可怜绿娥身首异处。

姚安的下场很惨，一方面为了打官司倾家荡产，才得不死。更重要的是他精神崩溃。刚刚坐下来，就看见绿娥和一个虬髯客在床榻上欢爱，操刀而往，却又消失了，一坐下来，又见之。

与其说他死于鬼妻的报复，不如说他死于自己的心魔。他死得极惨，死后被人用芦苇席子一卷，随手埋了。

他生得如此的美，如此的富有，娶了最美的妻子，却仍然不能心安。

他幻化出一个长大胡子的男人，大约是心里嫉妒一个更阳刚、荷尔蒙更旺盛的人吧。

姚安让我想起《乞力马扎罗的雪》中的男人。一个右腿得了坏疽马上要死掉的男人。在躺着等死的过程中，他嫉妒一切，嫉妒非洲大草原那些蓬勃的植物，嫉妒那些悠然飞过的鸟群，嫉妒那些奔跑起来姿势优美的羚羊，嫉妒可以喝烈酒的好脾胃，嫉妒妻子充满生命活力的身体，嫉妒猎枪，嫉妒飞机，嫉妒看得见却永不可及的乞力马扎罗山，嫉妒自己曾经像豹子一样强壮无所不能的过去。

我得承认，在海明威的小说中，这篇最打动我。海明威是男人中的男人，参加两次世界大战，去非洲肯尼亚打猎，遭遇飞机失事，喜欢斗牛，喜欢烈酒，喜欢惹火的女人，最后在活腻了的时候用一把双管猎枪结束了生命。他太充沛，太强悍，只有在《乞力马扎罗的雪》里，刹那间流露出来的软弱和无能为力让我怦然心动。

综上所述，男人比我们想象的要理性，比我们想象的要残忍，比我们想象的要贪婪，比我们想象的要脆弱。

第三部分

人妖之恋
最新鲜

01

从此以后，
我爱上的每一个人竟都像你

《阿绣》是聊斋里非常温馨美好的一篇。几乎每一个人都能从中看到自己青葱岁月的影子，看到初恋的影子。

话说海城县的少年刘子固，十五岁时去盖平县看望舅舅，看见杂货铺里有个女孩子姣丽无双，心里很喜爱。刘子固打听到她姓姚，名阿绣。

老蒲取的名字好，"阿绣"符合一个杂货铺女孩的身份，家常，亲切，好听。婴宁、聂小倩、宦娘，这样的名字注定是骚雅绝伦的人才担得起。

老蒲最擅长描摹小儿女的痴情，且看他如何写刘子固一步一步靠近阿绣，"潜至其肆，托言买扇"。阿绣一看是青年男子，转身叫父亲出来招呼。姚父出来，刘子固"意沮"，退了扇子。哪里是要买扇子啊？不过是要一窥佳人。一脸胡须的中年大汉，谁要看？

"遥睹其父他往，又诣之"。刘子固远远地躲着，窥见姚父进去了，又溜过去。那种痴态真是摹绘如生。

阿绣又准备去叫父亲，刘子固慌忙说：别啊，你只管报价，我不吝啬金钱。

阿绣也是慧黠之人，故意报高价。他不忍砍价，拿出身上所有的铜钱，买把扇子走了。

第二天，他又去买扇子。情形跟昨天一样。

一个人能用几把扇子？也不知道换个小玩意买？如此笨拙的心思可以隔山打牛了！

少年尚不知套路啊！

这也正是少年的稚拙和痴心处。

刘子固买完扇子出门没走几步，阿绣追出来说：你回来，我刚才价格报得太高了，应该退给你。

两人终于搭上话了。

刘子固抽空就溜去买些脂粉手帕。每次，他买的东西，阿绣都用包装纸包得好好的，还用舌尖舔舔纸角粘上。

刘子固揣回去之后，不敢打开纸包，生怕乱了阿绣的舌痕。

在他人是略显龌龊的口水，在他却是那浅浅的一吻。

过了半个月，仆人发现他的异常，就和他舅舅商量，赶紧带他回去。

回到家后，他把从阿绣那里买的香帕脂粉之类装在一个小箱子里，无人时，关上房门，一件一件地看了一遍又一遍，触类凝想。

你敢说，这样的情景你少年时没有过？

十六岁，刘子固又去看舅舅，呵呵。

他卸下行李，直奔杂货铺，发现大门紧闭。第二天再去，还是没开门。这才打听到阿绣他们是广宁人，回原籍去了。

他回到家，遂绝眠食。仆人这才告诉他母亲实情。母亲赶紧托舅舅去提亲，舅舅回话说，阿绣已经许配给广宁人。

刘子固心灰绝望，每天抱着小箱子啜泣，就盼着天下能有长得相似的人。刚好有个媒人来，说复州有个黄姓女子艳绝一时。刘子固决定亲自去看一下。

神奇的事发生了，他一进城，就瞥见有户人家，内有一女郎，绝似阿绣。

他赶紧在附近租个房子住下，等着阿绣出来。

某天，女郎终于出来，以手指示。刘子固喜极，走到舍后，果然是一个荒园，西边有个矮墙。阿绣从墙上探出头来，两人泪落如雨。

夜里，刘子固把仆人打发到别的房间之后，阿绣如约而至。刘子固把自己的相思之苦细细道来，问她：你既然已经许配人家了，为什么还没出嫁？

阿绣说：那是骗你的，我父亲因为你家太远，不愿意攀附这门亲事，那是搪塞你舅舅的话。

接下来，蒲松龄只用了十六个字，写尽了一对有情人的有情事："既就枕席，宛转万态，款接之欢，不可言喻。"

原来，在清朝就流行"不可描述"这样的词汇了。

却说，那个仆人半夜起来喂马，发现小主人的房间里亮着灯，偷偷一看，不得了，大骇。

精明的仆人第二天白天对刘子固说：你昨天遇到的不是阿绣，而是鬼魅。她脸色过白，两颊少瘦，笑处无微涡。不如阿绣美。

为何仆人能一瞥之下发现三点不同，而刘子固却浑然不觉？

大抵是思念一个人，到了极深处，竟然看谁都相似。

只有置身事外的人，才能看清处处都是不同。

刘子固也大惊失色，问仆人：这可咋办？

仆人出主意：明天等她来，我拿着武器冲进来一起击杀她。

日暮时分，狐女阿绣果然来了。

她对刘子固说：我知道你发现我是假阿绣了，我并没有加害你的意思，只不过了却前世的夙缘罢了。

话还没说完，仆人操刀进来。

狐女阿绣淡定地说：扔掉你的刀子，快去准备酒菜，我和你的主人饯别。

刘子固提心吊胆，强打精神喝酒。尽显尿货本色。

狐女阿绣却谈笑风生，说：我了解你的心愿，我会尽绵薄之力。虽然我不是阿绣，但自以为不比她差。

这个时刻，回想昨晚的款接之欢，刘子固大约是惊出一身冷汗，而狐女阿绣呢？明知道自己是一个替身，一个影子，心里是酸楚还是幸福？

刘子固毛发直竖，一句话不说。

狐女阿绣站起身来说：我且去，待你洞房花烛后，我再与你的新娘子比比谁美！

转身遂杳。

在刘子固的怯懦之下，才衬托出她的果敢鲜亮。

爱一个人，不惜步步追随他，幻化出他喜欢的那个人的样子，被识破之后，落落大方地承认，没有放弃进攻，而是要与新娘子比个高下。

从未见过如此心事重重而又落落大方心底敞亮之人。

她的手段堪比程灵素，却比程灵素更有种，在情场上不愿意放弃进攻。至少要大战三百回合，输得心服口服。

因为善良敞亮，她终究没有变成李莫愁或者何铁手。

刘子固呢，四处追寻真阿绣的下落，被乱军俘虏，以他之文弱，居然也盗了一匹马出逃。到了海州界，刘子固看见一个女子，蓬头垢面，原来是阿绣。

阿绣回忆说，当时被乱军掠走，突然有个女子，抓住她的手腕，健步如飞，跑了好远，那个女子对她说，前面都是坦途，你可以慢慢走，爱你的人快到了，可以和他同归。

狐女阿绣终究没有食言，令两个有情人终成眷属。

刘子固"携女马上，叠骑归"。不要说他是屌货，他只会为爱的人身披铠甲。

婚后，夫妻俩鱼水情深。有一天，顽皮的狐女阿绣闯入，揽镜自照，比真阿绣自愧不如。

有时候，她会来，跟小两口开玩笑，为他们解难题。

原来，前世，两个阿绣是姐妹，都模仿西王母，真阿绣终究略胜一筹。

三年后，假阿绣不再来。

而那个真阿绣呢，爱笑的女孩运气果然不差。她显然不明白命运之手是如何拨弄着我们。她已然忘却了前世的事，和我们每一个浑然不觉的凡人一样。

她不需要那么深刻曲折，天真美好就足够了。

情窦初开，意乱情迷，不顾一切，全力以赴，不问将来。这是属于青春的记忆。

少年时代的阿绣，成为后来每一段感情的"原型"。

眼角眉梢，梨涡浅笑，淡淡地重叠着当初那一个人的样子。

02 当命运扣动它的扳机

　　最近在读《德伯家的苔丝》，同时在读《聊斋志异》。

　　某天读到《聊斋志异》中的《九山王》，简直惊人的相似，可以对比阅读。

　　《九山王》说的是曹州有个姓李的家伙，就称呼他为小李子吧。

　　小李子家里很富有，有个废弃的后院。

　　某天，一个老头上门来租房子，出的租金很高。小李子奇怪了，我家没多余的房子出租啊？

　　老翁说：没事，我只要那个废弃的园子。

　　小李子想，反正是你消费，你说了算。

　　第二天，村里人就见老翁拖儿带女地搬家来了。大家都奇怪，这可怎么住得下？

　　就在这个时刻，老蒲又搬出他最喜欢的一个词：以觇其异。

　　几天下来，那一家人静悄悄的，不知道在搞什么鬼。

　　突然，老翁上门拜谒说，搬来好几天了，还没正式宴请主人，今天家里办了个派对，特邀请过去喝两杯。

小李子一去就傻眼了，"舍宇华好崭然一新"。照说李家也算富甲一方，可是跟这一家比，立刻被甩出了八条街。

知道这家都是狐狸了。小李子心里各种嫉恨，暗藏杀心。

回去之后，买了大量的硝硫堆满整个后院，点火，黑烟滚滚，臭不可闻，死狐满地，焦头烂额不计其数。

老翁进来，狠狠地责骂了小李子，并撂下一句话：如此灭族大仇不可不报。

然后呢？然后就走了。

不是说狐狸生气了，会往家里丢瓦片碎石头的么？

小李子等了好久，没见动静，以为老狐狸也是个屎货加嘴炮。

当时是顺治年间，一群亡命之徒啸聚山中，朝廷都拿他们没办法。

某天，有一个算命先生，人称"南山翁"，来到村里，"言人休咎，了若目睹"。

小李子也找他算命，南山翁一见他，大呼："此真主也！"

然后呢？然后南山翁就一路撩拨，一路煽风点火，撺掇小李子参与造反。小李子以为黄袍加身指日可待，自立为"九山王"，封南山翁为"护国大将军"。

兵败，南山翁遁去。

小李子被满门抄斩。

"此真主也！"四个字，让我想起《德伯家的苔丝》第一页

103

的两个单词：Sir John。

第一页说什么来着？

在一个五月的傍晚，一条乡间小路上，一个被贫困和酒精折磨得形销骨立的中年男人跟跟跄跄地走着。

突然迎面来了一个牧师，骑头驴子。

在擦肩而过的时候，牧师突然说：约翰爵士（Sir John）。

乡下小贩杰克不敢相信自己的耳朵。

俺就是一个走村串户的小贩子，叫我爵士，敢情是戏弄我么？

牧师于是说出了一番话，彻底改变了这个小贩子以及他女儿的一生。

原来牧师在整理郡志的时候，发现这个乡巴佬居然是名门将种德伯氏的嫡派子孙。英明盖世的斐根·德伯是当年跟随法国的威廉征服英国的诺曼底贵族。

本来这家人，父亲做小贩，母亲做洗衣妇，生了一堆的孩子，孩子个个聪明可爱，尤其是大女儿苔丝漂亮懂事。老两口时不时还去村里的酒馆喝点小酒。

日子还过得去。

但是，一夜之间发现自己居然是全英国血统最高贵的人。

当妈的首先心思活络了，要苔丝去一个富老太婆家攀亲，好嫁个好女婿，成为有钱人。

然后苔丝就遇到了少爷亚历克，三个月后，被他诱奸。接下来，命运一环扣一环，一直到最后苔丝杀死亚历克。

《德伯家的苔丝》这个小说妙在命运在第一页就已经扣动了扳机，到最后一页才让祭品轰然倒地。

算命先生和牧师，大体属于同一种职业——命运的指引者，也是连接上天和凡人的中间人。

他打开欲望的盖子，放出了潘多拉。

德伯家的人何尝不知道，虽有贵族的血脉，其实没落到除了大女儿的身体，什么都没剩下。

但还是想用女儿的身体作为唯一的诱饵，去钓一条鱼，扭转命运。结果钓起来的是一头大鲨鱼。

小李子，何尝不知道在盛世之年，以螳臂之力去谋反，是注定要灭九族的事？

但是，欲念一旦在心里生了根，再加上一点撩拨，就成燎原之势，以飞蛾扑火的姿势冲向悲剧的终点。

命运的奇诡之处就在于，告诉你结局，你还是绕不开，所以叫宿命。你只有这一个去处和归宿。

命运它跋山涉水而来，环环相扣，兔起鹘落，就将猎物收入网中。我们无人能逃脱它的罗网。

我们遇见什么人，走什么样的弯路，竟是半点不由人。

我们的宿根宛如怀揣一块磁铁，如何腾挪闪跌，最终还是被吸到一起。

面对命运的子弹，我们无法像《骇客帝国》一样慢悠悠后空翻，来个铁板桥，让子弹从上方飞过，也不会梯云纵，让子弹从脚下飞过。大多都是如昆丁·塔伦蒂诺的电影一样，一枪爆头，脑浆四溅。

03 洞庭女儿行

《聊斋志异》里有一篇适合春天阅读的故事，名《西湖主》。

此西湖非杭州西湖，而是洞庭湖。

聊斋的故事大多数发生在荒冢乱草、废弃府邸间，冷雨啾啾之夜，穷措大书生坐在霉而窄书斋里正咬笔头呢，突然进来一个貌若天仙的花妖狐魅，两人温存一夜，第二天醒来，一切像没发生过一样。

这样的故事只适合发生在不问将来的夜晚。

我独爱《西湖主》一篇，爱它的阳光璀璨，天真烂漫，亮烈鲜明，除了它的结局。这是一次湖湘文化和燕赵文化奇妙的化学反应，看似南辕北辙，却也理所当然。且让我慢慢来讲这个故事。

陈生，燕人。家贫，跟着副将军贾绾当秘书。有一次北归途中，在洞庭湖翻了船，抓住个竹篓，漂到岸上，捡回一条命。过会发现一具浮尸，见是其书童，陈生将他拖上岸来。荒山野岭，行人绝少，无可问途。陈生正守着尸体呆坐在河岸边，书童突然肢体微动，苏醒过来。

两人饥肠辘辘，越山疾行，冀有村落。才至半山，闻鸣镝声。

就在这个重要的时刻，看看老蒲是如何安排洞庭湖公主上场的。

"有二女郎乘骏马来，骋如撒菽。各以红绡抹额，髻插雉尾，着小袖紫衣，腰束绿锦；一挟弹，一臂青鞲。"

两少女，白马金鞍，马蹄声如撒豆。由远及近，且看头上如何装饰？用红绡抹额，头上插着漂亮的锦鸡羽毛。

再往下看，紧身小袖管的紫衣，腰里束着绿色的锦带。

还拿着弓箭和箭袋。

这姑娘令人眼前一亮，和聊斋里大多数女子不同，她不是由两个侍儿扶着，恹恹地到阶前看秋海棠的传统闺阁佳人。

让我突然想起"翠羽黄衫"霍青桐，又让我想起袁紫衣，那一身紫配绿的装扮，配色之大胆堪比高更啊！

她青春逼人，她嚣张跋扈。男仆对陈生说："这是我们洞庭湖的小公主在打猎，躲远点，犯驾当死！"

她的个性和形象实在是和其他温柔女子大相径庭，在一个来自极北之地的男子看来，却刚刚好。

陈生和书童连滚带爬跑下山，误打误撞进了茂林中一处宅邸。

老蒲用了大量的笔墨来描写周遭的环境。

"粉垣围沓，溪水横流，朱门半启，石桥通焉。攀扉一望，则台榭环云，拟于上苑，又疑是贵家园亭。逡巡而入，横藤碍路，香花扑人。过数折曲栏，又是别一院宇，垂杨数十株，高拂朱檐。山鸟一鸣，则花片乱飞；深苑微风，则榆钱自落。怡目快心，殆非人世。穿过小亭，有秋千一架，上与云齐。"

满目锦绣，花片乱飞，香气袭人，极尽铺张。

略显堆砌，可是无妨。就像青春，稍微嚣张跋扈一点是可以容许的。

无论是人，还是景，都美好到骄纵，毫无节制。

突然听见女子的嬉笑声，陈生赶紧和书童潜藏在花丛中。正是山上打猎的洞庭湖小公主回来了。

众侍女说：哎呀，今天运气不太好，没打到什么猎物。要不是咱们小公主射到大雁，今天就空手而返了。

说完，簇拥着骄傲的小公主坐到亭子里。

这时候陈生细细打量她，大约十四五岁，头发黑亮亮的，腰肢很细，玉颜如湘江芙蓉。

众女又撺掇小公主荡秋千。鞍马劳顿，打猎之后可还有力气荡秋千？

公主笑诺。只见舒皓腕，蹑利屣，轻如飞燕，蹴入云霄。

真是令人羡慕的青春与活力啊！

这样的画面，我在王维的《洛阳女儿行》中见过，"狂夫富贵在青春，意气骄奢剧季伦"；《青楼曲》里见过，"驰道杨花满御沟，红妆缦绾上青楼"；也在崔颢的《渭城少年行》里见过，"双双挟弹来金市，两两鸣鞭上渭桥。渭城桥头酒新熟，金鞭白马谁家宿"。

这样的青春张扬，这样的鲜衣怒马，毫不压抑的欢乐，实在令人无法不着迷陶醉啊！

洞庭湖小公主和众侍女嬉笑着走开。

从此她退场，再也没有正面上过舞台。

对于一个青春美少女来说，她不背负前世今生的重任，也不担心未来，千年的姻缘自有人或者神去安排。

她那么美着，嚣张着，跋扈着，笑着，就够了。

下半场开始了，待众女散尽，陈生从花丛中钻出来，看见地上遗落一条红巾，亭子里备有笔墨，于是在红巾上题诗一首。

返回来找红巾的侍女看见并将红巾拿回去给小公主看。

小公主心思如何？没明说，只是迟迟未杀陈生，还送美酒佳肴。

陈生正松一口气，却被众奴仆揪送到小公主的娘亲那里去。小心像段誉做花肥啊！

绳索加身，正悔至欲死。

突然有一个婢女说：这不是陈郎吗？且待我去禀告王妃。过了一会儿，婢女恭敬地请他入内，面见王妃。

他抬起头来，只见一个金庸常说的"中年美妇"，袍服炫冶。

中年美妇连称恩人，并且说要将女儿嫁给他，当夜洞房。

幸福来得太突然！不啻段誉猛然听王夫人说要将王语嫣嫁

给他！

洞房花烛夜，陈生问小公主：当时为何你迟迟不杀我，也不放我？

小公主果然爽利，说：其实我太爱你的文采，只是婚姻自己做不了主，我躺在床上跟烙饼一样，你不知道啊！

陈生又问：为什么你娘亲叫我恩人？

小公主说：你还记得有一次你的将军贾绾射中了一只猪婆龙（今之珍稀保护动物扬子鳄），有小鱼咬住它的尾巴不肯放松，被将军一起捕上来，关在笼子里。是你苦苦劝说，并将金疮药擦在猪婆龙伤口上，将其放生。那只猪婆龙就是我的娘亲，洞庭湖龙君的妃子啊。那个认出你的婢女就是那条咬住猪婆龙尾巴不放松的鱼！

原来姻缘自有前定。

这段恋情有笃定的未来，而且太有"未来"了！

陈生一人分为两身。锦帽貂裘衣锦还乡，接连生了五个儿子。但多年未见的老友在洞庭湖上，却见一艘画舫上，陈生和一美人游湖。临别，陈生赠大夜明珠于故人，称此珠价值连城，绿珠也买得起。果然是意气骄奢剧季伦！

一身而两享其奉，既有娇妻美妾、贵子贤孙，又兼长生不老，与美人泛舟——唉，老蒲写出了古往今来大多数男人的共同心愿啊！

04 近在咫尺，
　　他们选择了两两相望

　　山东有个书生叫孔雪笠，工诗文，为人蕴藉宽厚。有一个朋友在浙江天台山当县令，写信邀请他去玩。等他到了天台山，朋友却已经亡故。孔生没有盘缠回山东，滞留在浙江的寺庙里抄写经文。

　　一个下雪天，他路过寺庙西面的大宅子，从门里走出一个姿容俊美的少年。少年邀请他进门做客。这是一个书香门第，满室藏书，比如《琅嬛琐记》之类孔生从未见过的善本。

　　略一攀谈，孔生才知道少年姓皇甫，是陕西人，一家人暂时住在单家的大宅子里。皇甫公子知道孔生的落魄遭遇后，拜他为师。就这样，孔生从寺庙搬到了单家大宅院，每日教少年读书。

　　有天夜里，两人喝酒，皇甫公子叫来一个红衣少女，为他们唱曲助兴。孔生从未见过如此美貌的少女，眼睛挪不开。唉，如果我将来能娶到这么艳绝的妻子多好啊！

　　皇甫公子说：可惜香奴是我父亲的小妾，你也是少见多怪。如果她都算漂亮的话，给你找个妻子还真不难！

　　好大的口气！

皇甫公子到底是有多美貌的姐姐或者妹妹？

没说。

宕开一笔，说盛夏的事，孔生胸口长了一个碗口大的疮，痛得死去活来，一个大男人也是整日价呻吟。

皇甫公子赶紧从外祖父那里叫来他的表妹娇娜，说只有她能救命。

须臾，一个十三四岁的少女翩然而至，腰如细柳，娇波流慧。孔生一见之下，顿时忘掉疼痛，停止呻吟，精神为之一爽。

把脉之后，娇娜说非得动手术。她取下自己的金钏按在疮上，另一只手用薄如纸的刀刃，沿着钏边，轻轻割掉疮根。鲜血流到枕席上，孔生不觉其苦，生怕手术太快，不能和她依偎得那么近。

神医娇娜为他清洗了创口后，又从口中吐出红丸，在他的伤口上旋转，才按了三圈，孔生就能跳起来走路，沉疴若失。

娇娜回去之后，孔生废卷痴坐。

皇甫公子察觉后，说：我为你物色了一个佳人。

佳人是谁？

也是我的亲戚。

可惜多了一个"也"。那必不是娇娜。

孔生凝思良久，说，勿须。

既然不是她，当然就勿须。

他面壁吟曰："曾经沧海难为水，除却巫山不是云。"

皇甫公子岂能不知他心属娇娜？这家人岂能不知他的心意？

"我们一家人非常仰慕你的才华，常常盘算着要跟你结为姻亲，只是妹妹娇娜年纪太小，有一个表姐名阿松，十八岁，长得不粗陋。明天她会来园子里玩，你可以先看看。"

皇甫公子这一番话说得入情入理。

第二天，阿松果然来游园。孔生一见，阿松果然和娇娜不相上下。两人很快就成婚。两个成年人的事情就是这么顺理成章。

没有一笔说两人新婚之夜妹妹娇娜的反应。

后在皇甫公子的帮助下，夫妻两人还乡。而皇甫公子一家也回陕西老家。

孔生带着阿松回到山东，没有一笔说分别时娇娜和孔生的情状。

如果说，便是俗套。

明明是骨中骨肉中肉的人，却没有一丝拖泥带水的暧昧。错过了便是错过了。

这个名字中有雪，与娇娜相逢在雪天的书生，身上有山东人特有的冰雪的气质。

孔生后来中了进士，带着阿松去延安做官，因得罪了权贵，滞留陕西回不去山东。

一天打猎，孔生在野外发现一个美少年，原来是皇甫公子。孔生和阿松一起回娘家拜访，才得知，丈母娘已经去世，娇娜也已经嫁人。

　　某天，皇甫公子面有忧色地来找孔生，说家族有难，天降祸患，能不能救他们。

　　孔雪笠想都没想，也没问是什么灾难，就说：我能救你们！

　　皇甫公子说：我们一家人都是狐狸，现在有雷霆之劫。你如果能挺身赴难，我们一门还有望生还。如果你不愿意，就抱着你的儿子离我们远点，我们不想连累你。

　　孔生发誓和他们共生死。皇甫公子教他拿着剑守在门口，叮嘱他说：雷霆轰击的时候，你千万别动。

　　果然，阴云昼暝，昏黑如磐。回视旧居，只见高冢岿然，巨穴无底。正错愕间，霹雳一声，摆簸山岳；急雨狂风，老树被掀翻。

　　孔生目眩耳聋，可是他仍岿然守在原地，一动不动。忽于繁烟黑絮之中，一个鬼物，利喙长爪，自洞穴里攫出一人，随烟直上。

　　瞥睹衣履，好似娇娜。

　　孔生急忙跳起来，以剑击之，随手堕落。忽而崩雷暴裂，孔生扑倒在地，死了。

　　过了一会儿，天气放晴，娇娜自己苏醒过来，看见孔生已经为她死去，于是大哭。

　　这时，松娘才从地穴里出来，和娇娜一起把孔生的尸体抬进去。娇娜让松娘捧着孔生的头，让哥哥用金簪子撬开他的牙齿，嘴对嘴将狐狸的救命红丸吐入他的嘴里。

红丸随气入喉，格格作响。过了一会儿，孔生醒然而苏。见眷口满前，恍如梦寤。于是一门团圆，惊定而喜。

孔生认为幽穴不可久居，邀请他们去自己家里住。娇娜舍不得自己的夫家不愿走时，却得知雷霆之劫将她的夫家满门俱灭。

悲痛之后，娇娜只好和姐姐姐夫归家。孔生有个园子，特地辟出来安置皇甫公子和娇娜。

后来，孔生与公子兄妹，下棋喝酒，聊天聚会，如一家人其乐融融生活在一起。

和《萧七》里的徐继长比较，孔雪笠真是中国好姐夫。

徐继长娶了最美貌的老七，却又惦记着新寡的六姨子，最终一个没守住，晨占鹊喜，夕卜灯花，竟无一人复至。活该！

近在咫尺，有缘无分，孔雪笠便不再有任何非分之想，一丝一毫没想过效仿娥皇女英之事。

他们本已选择相忘于江湖，但一旦对方有危难，会毫不犹豫舍生忘死。几番救命，生命早已经融入了对方的生命。

或许，他们早已经在一起，不需要有枕席之欢。

他的品德高尚，老蒲认为他配姓"孔"这个姓；表里澄澈，可堪"雪"字。

他们没有苟且，没有私心，落落大方。

松娘是个好妻子，贤惠而美貌。他们现世安稳。

而在他心里，却有一块地方永远为娇娜留着。观其容可以忘饥，听其声可以解颐。那是胜过颠倒衣裳的知己之情。

在危急时刻，他会为她献出生命，没有一分一毫的犹豫和勉强。

她就是知道，他一定会这样对她。

他也知道，她一定会这样对他。

他不愿意用世俗去沾染她。

就这么远远相望。

如此甚好。

05 恋爱中的香獐

廖一梅有先锋戏剧《恋爱中的犀牛》，讲一个偏执的男人爱上一个女人，为她做了能做的一切，仍然无法打动她之后，只好绑架了她。为何是犀牛？据说犀牛视力很差，比喻恋爱的盲目。

《聊斋志异》中有《花姑子》一篇，讲的是一个书生与一只香獐的爱情，我称之为"恋爱中的香獐"。

陕西有书生名安幼舆，为人挥霍好义。遇到猎人打到猎物，他总是不惜重金，买下来放生。有一次舅舅家办丧事，安幼舆黄昏时候归家途中，在山谷中迷路。

前方有一点点灯光，正准备走过去，斜刺里出来一个老者，知道他的名字和境况之后，说：那里可不是安乐乡啊，还是到我家住一宿吧。

他郑重地对老伴介绍说：恩公来了，你的腿脚不方便，叫花姑子来温酒。老者自我介绍姓章，只有一女。

安幼舆一见秋波斜盼的花姑子，立刻注目情动。问老翁，婿家何里？在得知还未婚配之后，他趁四下无人，向花姑子剖白心事，花姑子却抱着酒壶，默若不闻。安幼舆情难自禁，暴起亲吻，遭花姑子厉声呵斥。

回家之后，他马上托好友去求亲。好友奔波了一天，却说没找到地方。安幼舆让仆人备马，亲自去找，竟无村落，也无章姓。他一病不起，仅存一脉气息。

有一天夜里，昏昏沉沉中觉得有人用手搓揉他。他睁眼一看，花姑子立于床前，不觉泪如雨下。花姑子笑着说，痴儿何至于此？用两手给他按太阳穴，他只觉一股麝香，穿鼻沁骨，神清气爽。

花姑子约好三日后再来探望。两人缱绻缠绵之后，花姑子却告诉他，她只是来报恩，并不能永结同心。

素昧平生，何处与卿家有旧？

安幼舆实在是想不通，又觉花姑子气息肌肤无处不香，侵入肌骨。

花姑子说，生来就这样，并非熏饰。

姓章，一家人食素，天生带体香，按摩太阳穴有麝香味，称呼安幼舆为恩人。

一切草蛇灰线，种种细节，昭然若揭。只是安幼舆不知。

安幼舆不死心，去深山寻找花姑子，却被冒充花姑子的蛇精吸食脑髓，缠缚而死。安幼舆死去七日，忽然苏醒。花姑子用青草一束，熬成汤药，安郎顷刻能言。

花姑子这才告诉他，他们一家是香獐，其父曾被猎人捕获，安幼舆花钱放生。

　　他曾经在山谷看见的一线灯光，就是蛇精引诱他的诱饵，章父斜刺里冲出来，将他带至自家，救了他第一次。

　　如此说来，世间哪有什么偶遇？

　　此次还魂复生，亦是章父愿意毁掉自己的道行，替他去死。

　　安郎虽然活过来，可下肢麻痹瘫痪。花姑子告知可饮蛇血，病乃可除。

　　安郎又问，如何才能擒住那条大蛇精？

　　花姑子说：难倒是不难，只是累我百年不得飞升。你先用茅草在洞穴口焚烧，趁她窜出来，再用弓箭射击。我不能终生和你厮守，实在是悲惨。为了你，我的道行已经折损七成，希望你能原谅我的离去。近一个月来，腹中微动，恐怕是你的孩子，一年之后，无论男女，我都给你送来。

　　这是花姑子最后的话。那也是他们的最后一面。

　　依照她的方法，果然得到了蛇精的血，半年后，安郎的双腿可以走动。

　　安郎独自去山谷中寻找花姑子，却见老妪抱着一个婴儿，说：我女儿要我向你问好。

　　安郎打开襁褓一看，是一个男婴。正欲问讯，老妪转瞬不见。

　　安郎抱着孩子回去，竟然一生未娶。

　　恋爱中的香獐，蒙恩衔结，至于没齿，让人类都惭愧。

　　故事到最后，才尽知两个痴人的妙处。

　　他魂魄颠倒，他汤米不进，他奄奄一息，他默默良久，他潜潸涕堕，他悒悒而悲，他手不忍释，他俯仰悲怆，他蹳蹀山中，他丧命蛇精。

他是火，他是风，他是地壳深处的岩浆。

初次见面，安郎情难自禁，花姑子厉色曰："狂郎入闼将何为！"

第一次抱与绸缪，恩爱甚至。结束之后她冷静地说："妾冒险蒙垢，所以故，来报重恩耳。实不能永谐琴瑟，幸早别图。"

安郎固求永好，让我们永远在一起吧。她却说："屡屡夜奔，固不可，常谐伉俪，亦不能。"

第二次欢会，浃洽终夜，转身她说："此宵之会，乃百年之别。"

这简直是翻脸比翻书还快的节奏啊。

她貌似冷得像冰。

真是一曲冰与火之歌。

所以她唤他为"痴儿"、"痴郎子"。

视人间繁华若无睹，独念深山秋波斜盼的那一人，是为一痴。草蛇灰线，三生石上，未悟前因，固求永好，是为二痴。花姑已去，仅余孽根，竟不复娶，是为三痴。

安郎当得起"痴"字。

文末，异史氏是如何评价花姑子的？

"至于花姑，始而寄慧于憨，终而寄情于恝。乃知憨者慧之极，恝者情之至也。仙乎，仙乎！"

他懵懵懂懂浑然不觉，她洞悉一切了如指掌，明知是劫难，损百年修行，累及无法升天，亦无怨怼，两次救他性命，最后还为他留下一个孽根。是为憨。

憨实乃聪慧的极致啊。

"恝"者，不经意，不在意，无动于衷。

花姑子看似不经意，她只谈离别，却为他奉献了一切。于是，异史氏说，比起那些动辄发誓生同衾死同穴的人，这个姑娘的"恝"乃是情深的极致啊。

那么，我们不禁要问，这些要死要活的感情，要它何用哉？

这个姓安的书生，你大半夜的，不好好睡美容觉，求得永年，在山中乱窜，被蛇精吸食脑髓而亡，究竟有何乐趣？

痴郎子，你这是何苦来哉？

花姑子，既然你洞悉一切，明知百年修行会毁于一旦，为什么还要一头扎进去？

廖一梅谈《恋爱中的犀牛》时说："有了爱，可以帮助你战胜生命中的种种虚妄，以最长的触角伸向世界，伸向你自己不曾发现的内部，开启所有平时麻木的感官，超越积年累月的倦怠，剥掉一层层世俗的老茧，把自己最柔软的部分暴露在外。因为太柔软了，痛触必然会随之而来，但没有了与世界、与人最直接的感受，我们活着是为了什么呢？"

恋爱中的人们，眼中的黄昏已然不是以前的黄昏，清晨已然不是以前的清晨，世界在眼前焕然一新。

耳边自带单曲循环的歌曲，鼻翼里净是她的气息，你敢说这一切没有意义？

像孢子的根须，牢牢地无孔不入地钻进这个世界。让相思成灾，蚀骨，让嫉妒和猜疑滋生无限的想象，让人的所有感官瞬间打开。

大约没有什么时候，比爱着的时候，更像活着。

06 你的婚姻里
还剩下几个金桔？

《聊斋志异》里有《荷花三娘子》一篇。女主角当然是荷花三娘子，原本是红莲一枝，被宗湘若摘回家，化为人形。生一子，六七年后，飞升而去。

这是聊斋里最老套的一种戏路和人物设置，读来未免乏味。

这个故事里最让我的心咯噔一跳的却是另外一个女子。

她连名字都没有。

这在聊斋里甚是少见。蒲松龄喜欢用各种美好的名字来称呼她们。

中国古人讲究礼仪，无论是在沙场还是床笫，都奉行"宝刀不斩无名小卒"。

然而她真的没有名字，蒲松龄只用"女"来指代她。

某个秋天，在一片庄稼地里，她正与一男子野合，被书生宗湘若发现。宗湘若见她容色娟好，肤如凝脂，于是邀请她夜里与他相会。

每天夜里，他们缠绵恩爱，一晃过了一个多月。

某天，有个番僧来到这个村子，看见宗湘若，大惊失色问道：你身上有邪气，你可曾遇到什么异样的东西？

宗湘若坚决说没有，过了一段时间，却突然卧病在床。

女子每夕必至，怀中揣着佳果，像妻子对丈夫那样嘘寒问暖，关怀备至。

但是，不管宗湘若如何身染重病，却强迫与之交合。宗湘若心里怀疑她非人类，却苦于没有法术制服她。

宗湘若试探说：先前有个和尚说我被狐妖迷惑，果然我就病了，明天我找他来，让他给我几个符咒。

女子顿时惨然色变。

第二天，宗湘若偷偷派人找到番僧。番僧说：你遇到的是狐妖，好在道行尚浅，很容易制服；放一净坛在床前，等狐妖被吸进去之后，赶紧盖上盖子，把我的符咒贴上去，放在锅里煮，顷刻毙命。

宗湘若的家人按照吩咐，一一准备好。

磨刀霍霍，就等狐妖来。

就在这个杀机四伏的夜晚，狐女果然来了。她袖子里装着很多小金桔，正准备拿出来去床边探问宗湘若。

突然，坛子里发出嗖的一声响，将狐女吸入，家人果断从藏身之处跳出来，把盖子火速盖上，再把符咒贴上，准备放锅里去煮。

所有的动作都在极快的一瞬间完成。

兔起鹘落，只待她死，于是天下可太平，宗生可逃生。

银瓶乍破水浆迸，铁骑突出刀枪鸣。

戏剧冲突在一刹那达到了高潮。

而后会发生什么，谁也料想不到。

床前散落一地金桔，在这个必欲除之后快的阴惨惨的秋夜，散发出那么温暖的光芒。

宗生看着这一地的金桔，"追念情好，怆然感动，遽命释之"。

他让家人打开坛子盖，释放了狐妖。

狐妖为了报答他，治好了他的病，还指引他得到了荷花三娘子。

这满地的金桔实在是蒲松龄的神来之笔。这是聊斋最厉害的细节。在这之前，他不过是她的药渣，她不过是一个夜奔野合的连姓名都不配有的女子。

他们之间哪里有爱？

没有爱，但在金桔上面寄托了恩。

这个故事又是典型的中国夫妻关系的隐喻。

我们用小温情小感动来代替爱，我们以为恩就是爱。

在那些根本无爱的夜晚，在那些寒光一闪必欲除之而后快的夜晚，在两心遥远至一万光年的夜晚，我们是这样说服自己：那年她衣不解带地伺候过我的老娘；她从来没有嫌弃过我的穷亲戚；她给我生了一个儿子，为了操持这个家，她身材走形成水桶也未有抱怨；有一天，他身上只剩十块钱却给我花了七块钱；他每天只吃方便面，却给我买了一条很贵的新裙子……

接下来，我们自己会忍不住感动得热泪盈眶地想，哎，这难道不是爱吗？这难道不是至高无上的相濡以沫吗？

这每一个细节，每一个小感动，都是一颗金桔。

在天荒地老的苍茫中，我们不停地储藏金桔，用来抵抗无爱婚姻的荒凉感。

我们每一个身陷围城的人，都可以扪心自问：究竟还有多少金桔，可以挽留日渐远去的心？

不过，总有人认为这样的一地金桔，不足以抵抗那一地鸡毛的琐碎、心如死灰的决绝、万蚁噬心的绝望和同床异梦的荒诞。

于是，他们走出了围城。

07 你是谁，
你才能遇到谁

蒲松龄本人最爱谁？

坊间有说法，一个男人有多爱你，看他愿意把多少时间花在你身上。用这种理论推论，我估摸蒲松龄的最爱是婴宁。《聊斋志异》最长的篇幅给了婴宁，你说他有多爱？

《婴宁》这个故事说的是一个不谙世事的书呆子，爱上一个痴傻如婴儿的姑娘。

王子服早年失怙，聪明绝顶，十四岁就上了"省重点高中"。每天在学宫读书，可谓是象牙塔中的书呆子。

十七岁那年的元宵节，王子服和舅舅家的表哥一起出去郊游。正走到半路上，表哥家里有事，被仆人叫走。王子服大约也是第一次一个人在外面晃荡。

这时候，有一位手拈梅花的少女和婢女走在前面，容貌绝代，笑容美到如李宗盛先生所唱："春风再美也比不上你的笑，没见过你的人不会明了。"

王子服全然不顾非礼勿视的礼数，张目直视，宛如痴呆。

128

美少女对婢女说："个儿郎目灼灼似贼！"

遗花地上，笑语自去。

王子服拾花怅然，神魂丧失，快快遂返。

这个书呆子回家之后，藏花枕底，垂头而睡，不语亦不食。

眼看着一天一天消瘦，巫师医生都来过，毫无效果。

有一天，表哥来看他。刚走到床前，王子服就泪如雨下，诉说对拈梅少女的相思。

表哥大笑说：你真是个书呆子啊！这个愿望有什么难啊？我去帮你寻找这个少女。

王子服听后，略进饮食，一心等着表哥的好消息。

话说表哥遍访居里，根本没有这个少女的踪迹。只好骗他说：我已经找到她了，原来是我姑姑的女儿，也就是你姨妈的女儿，只是你们是内戚有婚姻之嫌。

可怜的王子服，喜溢眉宇，又问：那她家在哪里？

表哥接着胡诌：西南山中，离我们这里三十多里。

撒完谎，表哥赶紧抽身离去。

王子服天天写信给表哥，招他前来商量去寻找拈梅少女。

表哥哪里肯理他，一个小孩子的相思欲死，不就是嘴上说说？何况这个拈梅少女是不是真的存在，天知道。小屁孩嘛，荷尔蒙分泌旺盛，让他折腾两天就好了。

王子服的母亲也着急，到处给他相亲。王子服摇首不愿，心中只有一人。

有一天，大病初愈的王子服苦等表哥不来，一个人发狠出了门。

他只有一个"线索"，西南山中，三十余里；他只有一个目标，找到拈梅微笑的少女。

他走啊走啊，果然在山中发现一个小村落。小村落有小房子，有一个少女拿着一朵杏花边走边往鬓边插。就是那个朝思暮想的她。

少女径直进了门。

可怜的王子服只好痴坐在门前大石头上，从日中坐到日落，盈盈望断，忘掉饥渴。

到了天黑，一老妪出来，问：你是何处的儿郎啊，从早坐到晚，不吃也不喝，要不进屋吃点便饭，就在我们家住下？

进去一攀谈，原来老妪真是他的姨妈，姨父姓秦，早逝，这个美少女叫婴宁。

读到这里，你以为王子服是天下第一大呆子吧？

非也非也。

他遇到一个更大的呆子。

婴宁，十六岁，痴傻如婴儿。

第一是爱笑，时时处处都在笑，比王子服更不懂礼数，老妪训她："有客在，咤咤叱叱，是何景象？"婴宁强忍住，刚出门，便纵声大笑。

王子服去后花园，听见树上有笑声，仰头一看，婴宁坐在树上，狂笑欲堕。

后来两人成亲，着华装，行新妇礼，婴宁笑极不能俯仰，只好作罢。大笑到结婚典礼都无法进行的人，恐怕古今无第二人。

第二是不解人事。

后花园一段，蒲松龄把一对痴痴的小儿女写得妙趣横生，令人莞尔。

王子服等婴宁笑停，从袖子里拿出已经干枯的梅花。

婴宁说：枯都枯了，你还留着作甚？

王子服说：这是妹子元宵节丢在地上的花啊，所以我留存到现在。

婴宁说：留着有什么用？

王子服说：表示我相爱不忘啊。

婴宁说：爱花有什么难，等你返家的时候，我让老奴把花园的花砍一大捆给你背去。

王子服真的是服了，说：妹子你是真傻还是假傻啊？

婴宁说：我怎么就傻了？

王子服说：我非爱花，爱拈花之人。

婴宁说：我们是亲戚，当然有爱。

王子服说：我想要的爱不是亲戚之间的瓜葛之爱，而是夫妻之爱。

婴宁问：那二者有什么区别？

王子服心一横，说：夫妻之爱就是要同床共枕。

婴宁说：我不习惯跟陌生人一起睡。

正在这时，婢女来了，叫他们两人去吃饭。

老妪问：饭菜早熟了，两人有什么悄悄话说了这么久才回来？

婴宁大声说：大哥想跟我共寝！

王子服大囧，拿眼睛瞪她。

婴宁微笑而止。好在老妪耳聋。

王子服恨其痴，心想，这傻妹子什么时候才能开窍啊。

后来，老妪将婴宁托付给王子服，让他带回家。婴宁到了婆家，依然不改她爱笑的本性，动辄大笑，满室粲然。

婆母有什么不顺心的事，婢女犯错将要挨罚，只要婴宁出现，所有的烦恼烟消云散。就连生的儿子都爱大笑，有其母之风。

从此两个小儿女，得到了稳稳当当的幸福。

蒲松龄的很多奇情故事，其实可以当作醒世恒言来读。

你是谁，你才能遇到谁。

你是水晶心肝的人，你才能遇到一片冰心的人。

假如你首鼠两端，四处游弋，绝对碰不到拈梅少女。即便碰到，也不会一根筋地走去深山，找到她，赏爱她，了解她，最后得到她。

这种遇到，不是认识，而是你们彼此把对方从茫茫人海中剔抉出来，天地空空，只余两人，灵魂相近，彼此吸引。

要产生内心激荡，才能叫遇到。

光是认识，很多人认识一辈子，还是陌生如新人。

那拈花之人出现在你的旅途中，也许纯属偶然，但要两颗灵魂相遇，却绝非偶然。

你所遇到的人皆可视为你内心派生的幻象。

只有王子服这么一片痴心不染尘埃的人，才能遇到一派天真令庄子称羡的婴宁。

走到一起容易，可是在一起之后呢？

他已是一个不谙世事的书呆子，遇到的人更痴傻如婴儿。

令成熟的聪明的成年人，为他们捏一把汗。

他们如何对付诡谲阴险的现实生活，如何对付居心叵测各怀鬼胎的世人？

显然我们的担心是多余的。

王子服生怕她泄露房中隐事，而女殊密秘，不肯道一语。

有一天，婴宁在墙上摘花，被邻居看见，惊为天人。婴宁不避而笑，邻居心中荡漾，以为婴宁对他有意。

且看婴宁是如何捉弄他的。

婴宁笑着指着墙下，邻居以为约处，大悦。黄昏时跑去，婴宁果然在，就而淫之，则阴如锥刺，痛彻于心。仔细一看，不是婴宁，而是一截木头，木头里有一只大蝎子。当天夜里，好色的邻居就死了。

连蒲松龄都忍不住评价说："观其孜孜憨笑，似全无心肝者。而墙下恶作剧，其黠孰甚焉！"

婴宁哪里是真傻啊？对付坏人，她自有狠招。

婚后数年，有一天婴宁大哭。

她说，先前相从日浅，不敢对他直言。现在观察很久，探到了他和婆母的真心和善良，想请求他一件事。她本是狐狸所生。母亲临去，将她交给鬼母抚养，相依十余年，如今鬼母还是孤坟野鬼，希望能将鬼母和父亲合葬。

她哪里是全无心肝啊？

她的笑只是她的软猬甲。

你没有十足的诚心，她不会付出十足的真心。

她的聪敏和哭声、脆弱和依赖，只给最信任的人。

她熟知痛哭的滋味，却依然时常微笑。

世事洞明，心思细密，却依然选择保持天真。

见之忘忧，令蒲松龄如何不爱她？

08
你已经改名叫玛利亚，
我还送你一首《菩萨蛮》

三只美艳无比的狐妖同时爱上一个书生，这可怎么好？

各有各的宿命，各有各的结局。我们且看蒲松龄如何安排。

话说泰山有个姓尚的书生，不过一点也不高尚。

耿十八一点也不耿直。

宁采臣的人生一点都不安宁。

我怀疑蒲松龄为了达到反讽的效果，故意给他们安上这样的姓。

尚生独居清斋，明月在天，徘徊花阴，不免有些遐想。

这时候第一个狐妖上场了。她逾垣而来，笑着说，秀才想什么呢？

且看她长什么样？只用了四个字：容华若仙。

尚生惊喜拥入，穷极狎昵。她自称姓胡，名三姐。自此临无虚夕。

有天夜里，两人促膝灯幕，尚生嘱盼不转，可见其美貌。胡三姐问：这么两眼灼灼地看着我干吗？

尚生说：我视卿如红叶碧桃，看一整夜也看不厌啊。

然而胡三姐却说：我这样貌只算得上"陋质"，若见吾家四妹，不知如何颠倒？

一下子勾起了尚生和读者的好奇心，那四妹要美成什么样？

我看你蒲松龄如何写下去。就好像一出场，起了一个高音，高到云霄，还要再高，看你如何高上去。

三姐如红叶碧桃，已是极致的艳丽，再写艳丽已无生路。

第二天夜里，三姐带着四妹来了。

蒲松龄这样描写："年方及笄，荷粉露垂，杏花烟润，嫣然含笑，媚丽欲绝。"

简言之：粉嫩、水润。和三姐比，又是另外一番气象。

果然，生狂喜，颠倒欲狂。

这夜，三姐自去，四妹留下。二人备极欢好，继而，引臂替枕，倾吐生平，无复隐讳。

欢爱之后，放下了所有的戒备和心机，把内心最隐秘的秘密尽情倾吐出来。枕边床帏果然是秘密的集散地。

她忍不住道出她是狐妖。

尚生恋其美，倒也不介意。

可是接下来她说的那个秘密就非常可怕了。

姐姐胡三姐狠毒，已经媚杀了三个人。凡是她沾惹上的人，无不死！尚生啊尚生，你一定要远离我的三姐！

尚生大惊，怎么办？

四妹说：我虽然是狐妖，但得到了仙人正法，给你书写一个符咒，贴在卧室的门上，这样就可免受三姐的伤害。

第二天，三姐来，见符却退，说：这丫头片子，倾意新郎，忘了引线人了。你们两个人有凤缘，我也跟他没仇，但你们何必这么防着我呢？三姐径直走了。

行文至此，蒲松龄不说被媚杀之事，他调转笔墨，另起一峰。

第三只狐妖上场。

一个艳丽一个粉嫩，这个该是什么样的呢？

有天，尚生出门远眺，见山下有槲寄生树林，苍莽中出来一个少妇，"亦颇风韵"。

这是尚生眼中所见，一个"亦"字说明男人是一种多么不挑食的动物啊！

她直奔他而来，慢慢地走近了，说：秀才何必沾恋胡家姐妹呢？她们又没给你一分钱。

她甩出一贯钱，说：你先回去买点酒，等我带点下酒菜来。

和仙气飘飘的两姐妹相比，这个少妇很有烟火气。

带来燔鸡一只，大火腿一只，抽出一把刀子，两人一条一条切着吃。一边喝酒，一边吃肉，一边调情，欢洽异常。

吃得相当接地气。几百年后的女明星爱吃红烧肉，但为了维护文艺女神的形象，要对外宣称爱吃香菇菜心。

令人想起宋惠莲一根柴禾炖烂的那个猪头。第三只狐妖如果有下次幽会，必定要带卤猪头吧。

前面两姐妹雅到极致，不食人间烟火，不识阿堵物，第三个狐妖就有鲍二家的那种热辣劲。

两人吃饱喝足，"灭烛登床，狎情荡甚"。第二天天亮很久两人才起来，正坐在床头打闹，忽然听到有人说话。来人一下子就进了卧室，原来是胡家姐妹联袂而来。

少妇仓皇而遁，鞋子都来不及穿。

二女呵斥道："骚狐，何敢与人同寝处！"

原来，这个少妇是狐妖中的"野模"，被其他狐妖不齿。

二女追出去，过了好久才回来。估计痛殴了一顿，解恨而归。

从此天下太平？岂知又生一变。

一个陕西侠客，善于做法。因为胡三姐媚杀其弟，一路追查到此，必诛之而后快。他查出胡三姐就在尚生家里。

尚父大惊，令其做法。侠客成功将胡家四只狐狸全部关在瓶子里。尚生心生恻隐，近瓶窃听。听到四妹说：你坐视不救，太负心了！

一瞬间，他想起初次相见，她像荷花含露，像杏花烟润；想起他用胳膊当她的枕头，枕得酸麻却不肯抽去；他想起她不惜与姐姐翻脸，告诉他那个惊天的秘密……

一瞬间，他意志动摇，独独放走了她。

十年后，他从一个月下徘徊心存遐想的秀才，变成了一个在田头监督长工刈麦的凡夫俗子。果然，老去是最好的招安。人生从此可以消停。

某天，他在秋天的田野上，遥望四妹坐在一棵树上。他走上前去，执手慰问，问她这些年都去了哪里，过得怎么样，遇到了什么样的人和狐……

她说：十年转瞬过，但对你的思念不曾须臾停止过。

尚生想带她回家去。大约这时，尚父已经亡故，他当得了家，做得了主。

四妹却说：我现在和以前不一样，我不能沾染尘世的情思。

两人分别，又过了二十年，这一次他真的老透了。他又一次独居。这一次四妹又来了。

三十年前的那个夜晚，他期待上天给他一次妙不可言的邂逅，于是独居在清斋。

像我们每个人青春期所想：不管是好是坏，请命运之神砸给我一包特大号的传奇遭遇吧！一定不要苍白而单薄的"平安是福"。我们最怕的不是伤害，而是乏味。

三十年后，他期待那个唯一的人再次降临，于是独居。

像中年人或者暮年的人所想：世间繁华万千，可是我谁都不要，我只要这一个。

只是，这最末一次相见，她说她已经位列仙班。

好吧，即使你已经改名叫玛利亚，我还送你一首《菩萨蛮》。

若干年后，余光中如是说。

09 女权主义的幽灵，
还是男权主义的镜像？

　　《聊斋志异》里有一篇极短的极怪异的《丑狐》，吸引了我的注意。正如金庸在《鹿鼎记》里，解构了前面的武侠小说。

　　谁说主人公一定要武功盖世？韦小宝行走江湖靠的是蒙汗药和一把生石灰。谁说男主角一定视金钱如粪土，视富贵如浮云？韦小宝却是又贪财又好色。谁说男主角出身贵胄如浊世翩翩佳公子？韦小宝出身妓院连亲爹是谁都不知道。

　　蒲松龄用《丑狐》一篇把自己给解构了！

　　谁说狐妖一定是容色娟好，一定雅骚绝伦？

　　谁说狐妖一定情深义重，为爱粉身碎骨？

　　谁说狐妖无私到为书生留下万贯家财，留下一个孽根，最后飘然远去，临走之前还必为其觅得一个娇妻美妾？

　　谁说狐妖一定毫无嫉妒，完全不像一个正常的女人？

　　谁说狐妖除了取悦男人，毫不在意自己的愉悦？

　　《丑狐》一篇完全颠覆了《聊斋志异》既有的那些篇什。

　　它像是蒲松龄自己玩的一个左右互搏，又像是音乐出现了复调。为《聊斋志异》提供了另外一种思考的维度和空间，让一部流行于街头巷尾的狐鬼小说猛地飞升了几个等级。

故事非常简单，且听我快快道来。

长沙有个姓穆的书生，家里穷得令人发指。

穷到什么程度呢？穷到冬天没有棉衣，床上连个被子和盖絮都没有。

某个冬夜，穆生枯坐在那里。

一个女人走进来，衣着非常华丽，然而，长得又黑又丑。

她笑嘻嘻地问：你冷不冷啊？

穆生很奇怪地看着她。她自我介绍：我是狐妖，要不要我们一起暖被窝？

害怕她是狐妖，又厌恶于她长相之丑陋，于是穆生大声呼号：来人啊，有人要非礼啊！

且慢，同样是在《聊斋志异》里，《青梅》一篇中，南京程生发出过这样的铮铮誓言：倘得佳人，鬼且不惧，而况于狐？

这是古往今来每一个坠入爱河的直男的共同心声。

意思是，只要你生得好看，鬼我都不怕，还怕狐妖？

所以，穆生"惧其狐"是假话，"厌其丑"才是真话。

就在这个时刻，丑狐甩出一坨元宝，说："若相谐好，以此相赠。"

"穆生悦而从之"。

丑狐第二天醒来，说：你看你家穷得，连个被子都没有。你让你娘子拿着这些钱去置办一些床上用品吧。

穆生告诉妻子这个生财之道，"妻亦喜"。亲自去市场买些床单被套棉絮之类，"缝纫之"。

这两口子，一个做起了"牛郎"，一个做起了"织女"。

晚上，丑狐又来了，看见床上焕然一新，夸奖穆娘子："君家娘劬劳哉！"

蒲松龄啊蒲松龄，你的笔是多么尖酸刻薄啊！

就这样，丑狐每天晚上都来，每次必留下一些金银元宝之类。

渐渐地，穆生一家富裕起来了。盖了大房子，一家人穿金戴银。

丑狐给他的金银越来越少，穆生心恨之。

他请来术士在门上贴个桃符。

丑狐撕掉桃符闯进来，大骂穆生背德负心：既然撕破脸皮，那就把我给你的那些金银还给我吧。

穆生请术士做坛。突然，术士摔倒在地，脸颊直流血，忽然耳朵又被割了一只。众人吓得四散，术士掩耳窜去。丑狐将脸盆大的石头往房子里丢，门窗都被砸坏。

穆生吓得躲在床下。

丑狐这时候才登场，抱着一只"嘻嘻呵呵兽"，大约相当于《天龙八部》里钟灵的闪电貂。

那只"嘻嘻呵呵兽"长着猫的头，狗的尾巴。

她走到窗前，说：嘻嘻，去咬那坏人的脚。

"嘻嘻呵呵兽"就开始咬。

痛得穆生哭爹叫娘，说：我把你给我的金银珠宝都还给你，还不行吗？

丑狐说：呵呵。

那只"嘻嘻呵呵兽"就停下来。

丑狐开始翻箱倒柜，发现数目不对，又发出指令：嘻嘻。

"嘻嘻呵呵兽"又开始咬他。

穆生求饶：给我十日，我一定凑齐了给你。

丑狐说：呵呵。

"嘻嘻呵呵兽"停止啃咬。

原来，嘻嘻和呵呵不是两个表示欣喜的语气词，而是口令。

这种小慧心小调皮我也大爱啊，蒲松龄先生。

等丑狐走后，家人过来把穆生从床底下拖出来，鲜血淋漓，两个脚趾头已经被啃掉了。

十日之内，卖掉所有家当，凑齐了丑狐的余款。一家人又回到当初一贫如洗的境地。

从此两不亏欠。丑狐再也没有骚扰他。

谁说两不亏欠？

穆生这个男人被一个奇丑的狐妖白睡了这么久！还损失了两根脚趾头！亏大了！

照说，狐妖具有无边的法力，连鬼都可以画皮，区区变美这件事，对于狐妖哪里是难事？

只有一种可能，她故意来恶心男性的。

她故意来挑战甚至是践踏男性的价值观。

她无意于取悦男人，连画张皮都嫌浪费时间。我知道你不喜欢丑女，直接甩一坨元宝出来，看你爬不爬过来？果然，这个男人和他的产权所有人——妻子，都喜不自胜地爬过来跪舔。

这难道不是某些直男癌一贯的简单粗暴的情爱观吗？

只要我手里有金钱，有权力，你们就得跪舔！

好一个以彼之道还施彼身！

《丑狐》的结尾，丑狐又和村里一个姓于的男人相好，很短的时间内令其快速致富。不久，于姓男人死掉。丑狐拿走了所有的财产。

以如此冷峻自私的姿态出现，在盛产地母和圣母的神州大地，实在是一个异数。

你究竟是女权主义的幽灵还是男权主义的镜像？

至于那个被白睡了许久还损失两个脚趾头的穆生，蒲松龄是这样评价的："夫人非其心之所好，即万钟何能动焉。观其见金色喜，其亦利之所在，丧身辱行而不惜者欤？伤哉贪人，卒取残败！"

意思是：对于一个人来说，如果不是他心中喜好的东西，就是万石粮食，有什么动心的。穆生见到元宝就喜形于色，这也是他利欲熏心的地方，伤害了身体，玷辱了德行，有什么可惜的？痛心啊，贪婪的人，终于落得了一个人财两空、身败名裂的结局！

这一耳光抽在每一个苟且的人的脸上。

丑狐只不过是上天用来考验我们的一个幻象。

当我们身处贫穷和困厄，能不能抵抗住那些看似更容易，实则是陷阱的诱惑？

这又让我想起了哈代和苔丝。

哈代设置了各种万难忍受的困厄境遇来考验苔丝。

她最不能原谅自己的那块瑕，不是失了身，而是自己曾经屈从过命运的淫威。

爱自己真正爱的人，坚持自己的理想，走自己内心想要走的路，坚定地做一个正直清白高贵体面的人，何其艰难！

哈代一再告诉我们那条路很难，那是一道窄门，却也是唯一值得一过的人生。

因为，往往到生命的最后，我们最不能原谅自己的，是曾经那样轻易地屈从过命运，那样轻易地放弃了初衷，那样轻易地改变了我们的航线，那样轻易地背弃了一段真爱。

10

情根深种，
如出水痘

有时候，我闲极无聊，总在思考一个问题：抛开不可抗的外力，厄运是如何降临到一个人身上的？

《董生》可作为一个样本观察。

董生，字遐思。老蒲啊老蒲，太调皮。

冬月薄暮，董生正把被子展开，把炭火烧旺，突然有朋友招饮，锁了门就走。

到了朋友家，座上有一位中医，善把太素脉，遍诊诸人，最后对王九思和董生说：我阅人无数，但从来没碰到脉象如你们两位这么奇怪的：贵脉而有贱兆，寿脉而有促征，尤其是董生。希望你们两位小心谨慎为好。

两人以为中医说的是模棱两可的话，不甚在意。

半夜，董生回家，发现书斋的门虚掩着，大疑，敢情有小偷进去过？在醉醺醺的状态下回忆一下，也许是自己走的时候忘了关门。进屋去，先以手入被中，探探还热乎不。手一伸进去，摸到一个腻人。大愕。赶紧把手缩回来。

一大疑，一大愕。吊足了读者的胃口。

董生赶紧把灯点亮，被子里竟然躺着一位姝丽，美如天仙。

狂喜。天上掉大好事了！

戏探下体，结果摸到一条毛茸茸的尾巴！

大惧，欲遁。这位好色的书生吓坏了，准备展开凌波微步逃之夭夭。

老蒲善于调度场面，一张一弛，跌宕起伏。

女郎已醒，抓住董生的手臂，说：你准备跑？

董生更加害怕了，吓得两股战战，说：神仙，求求你放过我吧。

女郎说：你见到什么了？这么畏惧我！

接下来，各位看官坐稳了！一定要系紧安全带，老蒲这位老司机准备带你们飞了！

董生说：我不畏首，只是畏尾！

每次看到此处，我都忍不住大笑三声，老蒲啊老蒲，叫我如何不爱你！

古今中外，从未有人把"畏首畏尾"化用得如此绝妙！

女郎说：你肯定误会了，我哪里长尾巴了？不信你再摸摸。

拉着他的手，一路摸下去。真的没有尾巴。

女郎笑着说：你醉眼蒙眬，错怪人了吧。

他心里还是犹疑的，突然大半夜跑来一个女子躺在床上，正常人都会怀疑。

女郎说出一个细节，瞬间彻底瓦解了他的戒备心理，也使他迅速走向死亡。

女郎说：难道你不记得东邻那个黄发女吗？我们搬家已经十年了，那时我还是小女孩，你是一个垂髫小男孩。

董生脱口而出：原来你是周家的阿琐！

女郎说：是啊。

董生说：我记得你啊！十年不见，你苗条如此。

从这番对话，我们可以得知：当年他们青梅竹马，而且小姑娘胖胖的，非常可爱。后来阿琐一家搬走了，十年未见。

董生仍然不放心，问：那你怎么跑到我这里来了？

女郎说：我现在成寡妇了，公公婆婆也死了。活着的人中，我只认识你，就来投奔你了。

于是，董生解衣共枕，极尽欢好。

一个月后，董生形容枯瘦，家人觉得奇怪，问他原因，他总说不知道。

从后文才得知，他是有妻子儿子的。不过色迷心窍，一个人躲在书斋里，偷偷地和"阿琐"生活在一起。

又过了一些日子，他揽镜自照，才发现自己瘦得不成人形。这下他终于害怕了，跑去找把脉的中医。中医说：这是妖脉，上次你脉象中的死征已经出现了，这病已经不能治了。

董生大哭，不肯走。中医不得已，只好给他针手灸脐，并送他一包药，嘱咐说，若再碰到这女人，必须坚决拒绝她。

这下董生也知道自己危在旦夕了。

回到家里，女郎嬉笑着又来勾引他。

董生吼道：不要再来纠缠我，我快要死了！说完拂袖而去。

女子恼羞成怒，生气地说：你还想活？

晚上，董生服药后独自躺在床上，刚要合眼，就梦见与女子交欢。

董生这才搬到内室去睡，让妻子亮着灯守着他。过了几天，董生就吐了一大盆血，死了。

再说，另外一个脉象也很奇怪的书生王九思。

董生死后，女郎又去魅惑他，没过几天，他也是骨瘦如柴。他梦到董生对他说：与你欢好的是狐狸，她害死了我，现在打算杀你，赶紧在家里点香。

王九思的优点是听人劝，点香之后，女郎无法近身，扑地而死，化为狐狸。王生让家人剥下她的皮，悬挂起来。狐狸再也无法害人。而王生半年之后才痊愈，死里逃生。

其实，厄运在最终降临之前，已经屡屡提示过董生：

提示一：让一位中医说出预言，明明有长寿的脉象，却有短命的征兆。董生更甚。小心谨慎为妙。

然而，董生不甚在意。

提示二：摸到一条毛茸茸的尾巴，明明已经知道她是狐妖，却自欺欺人，色迷心窍，被对方的花言巧语迷惑。

提示三：一个月后，形容枯瘦，不成人形，却仍然对家人撒谎，仍然金屋藏娇，夜夜欢好。

厄运假如是一个长着长胡子的老头，想必会两手一摊，耸耸肩说：怪我咯！反正这世界上，总有一些人要缴智商税的。

只不过这税缴得有点重。

厄运无孔不入，总会寻找我们的薄弱之处，有时候是一段有软肋的感情，有时候是自大和傲慢，有时候是管不住的情欲，有时候是智力的平庸。

除开不可抗的外因，无外乎三种：身体、情感、智力上的弱点。

对于董生来说，与其说他死于对美色的迷恋，或者智力的平庸，还不如说他死于童年时的情根深种。

突破他所有理性防线的是东邻的那个小女孩。

这一段未了的心事，终于在十年后，被挑明。

当狐妖说出这个通关密码，一切土崩瓦解。

情根深种，如出水痘。

他的死，归根结底，是一个童年的"水痘"，受到阻断，没有很好地出来，青年时候，水痘以一种病毒的形式出现，结果狗带（go die，死掉的意思）。

所以，水痘一定要让它及时地，迅速地，出出来！

不然老房子一失火，那才叫一个惨烈。

11　如何做一只
有调性的狐妖？

　　如果用香水的调性来形容《聊斋志异》中的众女性，婴宁是什么香型？一定有很多很多的花香，梅花杏花桃花……一切开在春天的明媚的花。

　　聂小倩的香应该比较冷，比较艳，有一种暗地妖娆的缠绵劲儿，有昙花？有夜来香？有橡树的苦味？……

　　《王桂庵》里跳江自杀的芸娘，她的香里一定有冷杉，一定有冰水……

　　面对《毛狐》中的毛狐，却很犹疑，她实在是一个调性太奇怪的女人。浑身长细毛，一望而知的狐妖，她的香里一定有动物味的麝香；她温暖包容，如佛手柑；又冷不丁使个坏，仿佛你正凑过去闻香，她突然撒一把胡椒面进去，呛你呗！

　　如此复杂而离奇的调性，令人难忘。

　　话说有个农夫叫马天荣，二十岁出头，丧偶后，贫不能娶。有一天，马天荣正在种地，看见一个盛妆少妇践禾越陌而过。少妇脸色泛红，也还有几分风韵。

151

两人缠绵过后，马天荣问：你遍体细毛，肯定是一只狐妖吧？狐女自认不讳。马天荣说：既然你是狐妖，你看我这么穷，给我点银子吧。狐女随口答应了。

可是第二天晚上来的时候，她并没有带银子来。马天荣问：你承诺给我的银子呢？狐女愕然说：你是当真的？我忘了。

如此好几次后，有一晚，狐女一来，就从袖子里拿出两锭白银给他。马天荣很喜欢，藏在柜子里。

过了一段时间急用钱，马天荣把银子拿出来给人看，人们看了之后说，这不是银子，是锡。马天荣不相信，用牙齿一咬，应口而落。

晚上，等狐女至，马天荣冲上去，非常生气地极尽讥诮之能事。狐女却并不气恼，笑着说：你命薄，承受不了真银。

马天荣并不罢休，又讽刺说：听说狐妖都天姿国色，可是我看你姿色平平。

狐女笑着说：我等随人现化。你连一金之福都无法承受，沉鱼落雁还能消受么？像我这样的粗陋姿色，固然不能侍奉上流之人，但相对驼背大脚的女人，也算是天姿国色了。

在那个时代，女性通常只有两种命运：一是被嫌弃，二是被索取。当他强于她，她会遭遇第一种；当他弱于她，她会遭遇第二种。在这种外表是男权社会，实则盛产男性巨婴的国度，毛狐的遭遇多么具有普遍性。

这个乏善可陈的男人居然一边嫌弃，一边索取。他的底气来自何处？

男权社会，一个男人。如此而已。男权社会这种生态，给了他土壤和阳光，让一个一无所有一无是处的男人身上都流淌着"蜜汁"自信。当他索取不成，就以嫌弃为矛，来攻击她！

你以为毛狐会像千万个旧时代的女性那样默默忍受么？

她笑着还击了他！

过了几个月，毛狐临走时，送给他三两银子，让他娶妻。马天荣叫苦，这么少的银子哪里娶得上老婆啊？

狐女打包票，这事月老做主，一定会成！

果然，第二天，来了一个媒人，介绍一位姑娘，说相貌在嫱妍之间。让他自己偷偷趴窗缝看，只见姑娘趴床上，让人在按摩。别的部位也看不见，长相还过得去。

对方家里没要聘礼，没费多少钱，刚刚三两银子，娶过来。

洞房花烛夜，灯光下一照：鸡胸驼背，脚大如船！

马天荣一口老血差点喷将出来！一边骂天杀的媒人，一边感叹狐女的手段！

做媒人是天底下最容易得罪人的职业。通过媒人介绍的对象，你可以判断自己在他的心中是什么形象和地位。而人呢，往往自视甚高，一看在"嫱妍之间"的那位，心中难免一股怨气冲上云霄——难道随人现化，我只配得上这样的奇葩么？

可不是，新娘子就像狐女送给马天荣的一面镜子——你醒醒吧！你只配得上这样的"天姿国色"！

狐女这把胡椒面撒得够猛！

姑娘，你这调性太稀有。然而，我喜欢！

在结尾，老蒲感叹说，随人现化，也许是狐女的自嘲，但她说的福泽，我却深信不疑。我每每说，祖上没有几代人的修行，不可以博高官；本人没有几世修行，不可以得佳人。相信因果的人，必然懂得我不是随口胡咧咧。

蒲松龄说的这种因果，我更愿意理解为一种互动关系以及它衍生的马太效应。良好的互动关系，可以点铁成金，让我们成为更好的人；糟糕的互动关系，可以点金成铁，最后蜕变为连我们自己都嫌弃的人。

世间这两种爱人和情感结构，还少么？

12

问卜盼听情未了，
只是当时未明了

　　《聊斋志异》中名篇甚多，《萧七》属于很不起眼的那类。它没有英俊帅气一往情深的男主角，也没有生死相依矢志不渝的爱情，更没有蒙恩衔结至于没齿的情深义重。

　　它讲的是一个关于缘分的故事。表面上，主角是一个略显猥琐、吃着碗里望着锅里的平庸好色男人；其实，主角是一个叫萧七的狐妖。

　　为什么说他平庸好色略显猥琐呢？我真是半点没冤枉他。请看蒲松龄是如何描写他的。

　　这个男人叫徐继长，住在山东临淄城东边的磨坊庄（瞧这土掉渣的地名儿，跟蘑菇屯儿差不多，我怀疑蒲松龄故意的）。"业儒未成，去而为吏"，就是读书没出息，只好去做了小吏胥。

　　某天，他拜访亲戚，回来路过于氏家族的坟地。黄昏时分，醉眼蒙眬，突然看见楼阁繁丽，有一老头坐在门口。徐继长酒渴思饮，就问老头要水喝。喝完茶，老头提议：这么晚了，你又酒

155

醉，干脆在我家住一晚上，明天早上再走，可乎？

老头接着说：我有个最小的女儿，还未出嫁，想给你做妾，希望你不要嫌弃啊。徐继长"踌躇不知所对"。

为什么？

天大的好事为什么降临到他头上？不仅读者想怒吼一声：何德何能？连他自己都蒙了。就我这样的屌货，就这家的豪宅和装修，为什么要把小女儿嫁给我，而且还是要求做小妾即可？

他本来还挺踌躇，这事，第一来得太突然，第二莫非老翁的女儿长得特别难看？结果，女郎炫装出，姿容绝俗。

为什么？凭什么？

读者真是想捶胸问苍天！

你别问了，这就是缘分，不求而自至。

徐继长"神魂眩乱，但求速寝"。

前面踌躇不知所对，这下看见是美女，"但求速寝"，四个字，一个好色猥琐的男人形象跃然纸上。

"寝"过之后，他慢慢问女郎的族姓。女子回答说，姓萧，排行第七。他又细问她的门阀，她竟然很不耐烦地说：我虽然出身卑贱，但配你一个吏胥还是不至于辱没你吧，问那么仔细干吗？

徐继长沉溺于她的美色，不再怀疑。

女子说：这里毕竟是我娘家，不宜久留。我听说你的正室为人非常温和善良，要不你回家跟她说说，给我腾一间房子，我自己过来。

这是第一次出现徐继长的正室，萧七宛若神明，知晓一切。从她的口中知道徐继长的正室为人温和善良，极其宽容，在聊斋里善妒的大娘子不在少数，被鞭挞至死的小妾也不在少数。

天明，徐继长醒来，睡在松树下的一堆稻草上。

他昏头昏脑地回去，向妻子笑谈此事。

比他更有游戏精神的妻子开玩笑般打扫了一间房，摆了一张床，把门关上，说：新娘子今天晚上要来了。

到了晚上，她拽着徐继长的手，笑着开门，说：新娘子应该在房里了吧。没想到，果然有美人华妆坐在榻上。

美人萧七见了正室，如同宋江见了前来招安的朝廷要员，纳头便拜。正室也表现出和平共处的姿态，赶紧准备床上用品，"为之合欢"。第二天一早，萧七"早起操作，不待驱使"。

好一副世界大同的模样！

估计徐继长躺在被窝里，心里在想：永恒的女性，引领我们飞升！

估计读者又想捶胸问苍天：他徐继长何德何能，竟享齐人之福？

好运气还在后面呢。

某天，萧七说，她的六个姐姐想来探望她。

徐继长心里发愁啊，家里穷，一下子来六个平时锦衣玉食的姐姐，怎生招待？

　　萧七很通情理地说：她们知道咱家境况，吃喝器具等她们自带，只是劳烦姐姐帮忙烹饪一下。

　　徐继长跑去跟大娘子一说，居然很欣然地答应了。

　　第二天，果然有人挑着担子来，大娘子下厨煎炸煮烤，好一番劳作。

　　六个女郎来了，一起喧笑饮酒。

　　到了夜里，诸女兴尽而返，萧七出去送客。大娘子进来收拾碗筷，看见杯盘俱空，笑着说："诸婢想俱饿，遂如狗舐砧。"好歹你们也是大户人家的姑娘啊，怎么跟狗舐砧板一样，吃得光溜溜的？

　　萧七送客回来，主动要求洗碗。大娘子过意不去，说：你的娘家人来做客，竟然还让她们自带饭菜酒水，说出去简直是笑话，明天我们一定再请她们来做客。

　　注意了，徐继长可没觉得不好意思。所以，说他为人猥琐是半点都没冤枉的。

　　大娘子出身贫寒，事事操劳，不怨不怒，亲和宽容，话虽调笑，实带锋芒，细细想来，实在是个妙人。

　　她的好，尽在萧七的眼中，但不在徐继长的眼中。

　　过了几日，大娘子回请了萧七的六位姐姐。

　　六位姐姐留下四碗菜，没有动筷子。徐继长很奇怪，姨妹子说："你的大娘子觉得我们吃相难看，这次我们特意留出四碗菜给下厨的人。"

萧七什么都看在眼里，听到耳朵里，记在心里。

在这次的宴席上，又有奇峰突起，故事陡然生变。

众姐妹中，独有一位，让徐继长顿生觊觎之心。有一美人，年纪大约十八九岁，素舄缟裳——刚刚成了寡妇的六姐，浑身素白，在满眼绫罗绸缎中，分外吸引人。偏生这六姐情态妖艳，善笑能口。与徐渐洽，两人慢慢开始打情骂俏。

众人开始行酒令，徐继长明明知道六姐善笑谑，故意制定规则，笑谑的人罚酒。果然，六姐连饮十几杯，酕然醉倒，只好找地方睡觉去。

这一切都在徐继长的运筹掌握中，谁说他无所作为全无心肝？这不妥妥的全是心机吗？

他偷偷地离席，点起蜡烛去找六姐。六姐果然酣睡，他正上下其手，席中纷纷唤徐郎。他只好整理衣服，见六姐袖中有绫巾，偷揣在怀里出去。

徐继长笨拙的那点小心思，酒席上两人视他人如无物的打情骂俏，难道萧七竟然看不出来？

只觉得这像是萧七设的一个局。甚至恰到好处地在席中呼唤徐郎，都在她的掌握中。

众女唤醒六姐，一起离去。

徐继长准备偷偷地拿出绫巾把玩，却怎么也找不到，以为是送她们出去时遗落在台阶上。

"执灯细照阶除，都复乌有，意怏怏不自得。"

执灯细照，四个字，一副呆相，落在萧七的眼里。萧七竟是又好气又好笑，故意问他找什么。他说没什么呀。

萧七索性将话点破：人家已经把绫巾拿走了，别劳神费劲的！徐继长只好告诉她实情，说：我实在是喜欢你的六姐。

萧七于是悠悠地给他讲了一个关于缘分的故事：

前世，六姐是一个娼妓，你是个读书人，两人相爱，不容于父母。你呢，渐渐相思成灾，弥留之际，唯一的心愿是能见到六姐，摸一下她。六姐因为有事耽误，赶来你已经死去。所以你们仅有一扪之缘，今天六姐醉后，你已经实现了。缘尽于此，过此即非所望。

萧七的观点是：缘分像一种液体，上天说只给你们50毫升，那就是50毫升，多一滴都没有。

如果你是徐郎，听到萧七的这个缘分故事，会问什么？

如果你是个有心人，大约会问：那我们的相遇是几世修来的缘分？我和我的大娘子又该是多少？

没有，他没有问，他此时心心念念的还是六姐。后来每次请客，其他姐姐都来赴约，唯独六姐没来。

一眨眼，萧七和徐继长在一起生活了八年。这八年间，他们恩爱吗？他们生了孩子没？徐继长在官场上有无长进？统统未提及。

这个男人的心在一个得不到见不到的人身上，这八年姻缘于他是空白的。

只有八个字：徐疑女妒，颇有怨怼。如此冷漠的八个字。

萧七什么不明了？然而她是沉默的。

终于有一天，她说：我们八年的缘分也满了。你一直以为是我善妒，不让你见六姐，今天我就带你去我娘家，我们想想办法，让你满足心愿。

徐郎听了，甚喜，从之。

他倒是一点都不珍惜跟萧七最后在一起的时间，一心想着突破一扪之缘的魔咒，获得实质性的进展。

两人到了娘家，只见到了六姐。六姐近似简默，说：这样的轻薄儿有什么好见的？

其实，她什么不知道？

萧七再三求她，然后关门而去。徐继长跪着求六姐，六姐渐渐脸色缓和，两人正宽衣解带，突然喊嘶动地，火光射闼。转眼六姐逃窜，不知所踪。徐怅然少坐，屋宇并失。猎者十余人，按鹰操刃而至，惊问，何人半夜三更趴在这坟地里？

徐继长只好说自己迷路了。

有一个人问：我们刚刚在追赶一只狐狸，你看见没？

如果你是徐郎，难道不会心惊？

这狐狸是谁，除了萧七还有谁？

不是她，还有谁引来猎人，让他的一扪之缘，果然止步于一扪之缘，多一步都不可得。

徐继长快快而归。

　　晨占雀喜，夕卜灯花，而竟无消息矣。

　　如果他生在现代，肯定塔罗牌和星座知识都要统统用上，来占卜萧七还会不会来。只是这些心思都用错了时间。

　　如果他足够珍惜大娘子，萧七就不会出现，如果他足够珍惜萧七，六姐就不会出现。前人评价"通篇诡异幻化，迷踪纷纷"。诚如是也。

　　从此，萧七再也没出现过。这时候他才猛然想起萧七的好。

　　说好的八年缘分，就是八年，多一日都不可得，谁叫你当初不珍惜？正是：问卜盼听情未了，只是当时未明了。

13 要不要拯救落难的男人？

要不要拯救落难的男人？

我的答案是：不！拯救之后，基本是自寻死路。

我们来看看老蒲讲的一个故事——《武孝廉》。这是一个暗黑的故事，这是一个坦诚的故事。从她救他一命开始，到他想杀死她未遂，他自己咳血而死结束。一男一女，各有算盘，谁都说不上高大伟岸，都可怜又可恨！

拯救一个落难的男人，期望对方从身体到灵魂都臣服于自己，基本就是逆风持炬，早晚要烧到自己的手。可是，贪念，让她不愿意放手，非要烧到手痛，才丢开火把。

情场上，谁的手上，不是或多或少有几个水泡？

有个武孝廉姓石，带着钱去京城，打算谋个一官半职。到了德州，石某忽生重病，咳血不止，病倒在船上。仆人偷了他的钱跑了，船家打算把他丢下船。世间如此苍凉而残酷！

就在他走投无路时，一个中年美妇向他伸出援手，把他搬到自己的船上，要他发誓好了之后不能辜负她。他呻吟着指天画地，称绝不忘记救命之恩。中年美妇拿出一种丸药，让他服下。

中年美妇每天在床前悉心照顾，无微不至，石某非常感动。

一个月后，石某渐渐好了，他跪着爬向中年美妇，奉之如母。他是打算用全部的生命来回报她的，像回报给他生命的母亲那样回报。

最反转的一幕出现了：中年美妇的救命之恩是有价格的。她要的不是母子之情，她要的是男女之情。

她说：如果你不嫌弃我年老色衰，那就让我们结为夫妻。

石某同意了。中年美妇又拿出很多钱，让他去京城求官。还约定，一旦谋得一官半职，就回德州来接她。

他拿着钱四处贿赂，果然得到了一个职位。他用剩下的钱买来华丽的马车，是准备去德州接她吗？

不是，他还用剩下的钱娶了一个年轻的妻子王氏。然后，两人坐着华丽丽的马车，绕开德州去赴任了。

读到这里，如果大骂他忘恩负义，理所当然。但是，很傻很天真。对于他们的关系，绕道离开，已然是最大的慈悲。

不自知的人是她。

她左等右等等不来，后来通过石某的亲戚得知了实情。她写封信给他，他不回。一年之后，她亲自去了。

她闯进他的衙门，痛斥他的薄情和忘恩负义。石某吓得面如土色，磕头如捣蒜。在总结陈词中，她表达了一个中心意思：你纳妾娶妻我都不阻挠，但你必须要让我知道。因为你的命都是我给的，我有权决定你睡在谁的床上。

她稳稳地做了正室，王氏做了侧室。

她本来可以不死，他本来还打算把百日恩放在心里，偶尔拿出来凭吊一番。然而她步步紧逼，把自己置于造物主的地位，这迅速把她往死路上推去。

有一天，石某外出。一妻一妾其乐融融在一起喝酒，喝着喝着，她现出了原形——她是一只狐狸，醉倒在地。

王氏并没有害怕，她拿出一床小被子盖在她身上。

就在这时，石某回来了。看见她化为一只弱小的狐狸，他杀心顿起，左右找佩刀。

王氏阻拦他，她即使是一只狐狸，你也不至于杀死她啊？

是啊，她不是你的恩人吗？你的命不是她救回来的？你为什么恩将仇报？这是女人的逻辑。

在石某那里，从她提出救命的筹码是拿身体来回报的那一刻，他们之间哪里还有恩情？不过是一桩交易。而且，在他心里，他已经亏了。

他不是丧尽天良，他也惭愧，他也内心不安，他也想逃离，可是那种内心的屈辱感时时刻刻折磨着他。性，如果不是两厢情愿两情相悦，从本质上说，就是一种屈辱。

尤其对于男人。

他只想把你当妈来报答，你却要他肉偿？

他想驾着马车逃离，你却如影随形，每时每刻提醒他曾经的心不甘情不愿？

他余生的每一天，都在想如何把这种屈辱彻底擦拭掉。

从意识到潜意识，从身体到灵魂，一点痕迹都不想留下。为此，他不惜举起屠刀。

为什么"好人"没好报啊？因为有些"好人"愚蠢，而且自私。

真的要拯救落难的男人吗？要提携落魄的男人吗？

李碧华早就说过：最好到他差不多了，才去爱。男人不作兴"以身相许"，他一旦高升了，伺机突围，你就危险了。没有男人肯卖掉一生，他总有野心用他卖身的钱，去买另一生。

就在他举起屠刀准备杀死她的时候，她醒了。

她大骂：你真是蛇蝎的行为，豺狼的心肠啊！我以前给你的丸药，你现在还给我！

她朝他脸上吐了一口唾沫，石某只觉得冰凉凉的，喉咙发痒，吐出了一个药丸子。她拾起药丸就走，转瞬间无影无踪。石某立刻咳血不止。半年后，他死了。

这一男一女，既不高尚，也不卑下。和世间的凡人一样。在情场中，谁又比谁活得明澈？

在这条血迹斑斑的路上，总有这样的男男女女前赴后继，飞蛾扑火，逆风持炬。

如此，才是热闹的人间啊！

14 一只优雅美丽
而无用的蓝血狐女

《聊斋志异》里，每篇开头必介绍人的姓名和地域门阀。

书生和花妖狐魅女鬼谈恋爱的时候，也必细审门阀。书生的迂腐常遭她们无情地嘲笑，比如，女鬼小谢和秋容就讥诮陶生说：你连身体都不敢献出来，还问我们的门阀，莫非想娶了我们不成？徐继长问萧七的门阀，被抢白了一顿：我虽然出身卑贱，但配你一个吏胥还是不至于辱没你吧，问那么仔细干吗？

最令人哑然失笑的是《荷花三娘子》里，书生宗湘若在庄稼地里看见一男一女野合，跑上前去"诘其姓氏"。狐女说："春风一即别东西，何劳审究？岂将留名字作贞坊耶？"

宗湘若的迂腐可笑，和《大话西游》里唐僧问旁边那个小鬼"你妈贵姓？"有得一拼。

中国的士人对门第的执念有多深，花妖狐魅和女鬼的打脸就有多厉害。

本来嘛，一段草上霜、竹上露的因缘，也要查个户口，以示宝刀不斩无名小卒？下面我们来看一篇蒲松龄的深度打脸文。

说到门第，读者诸君可知《聊斋志异》里谁的门第最高贵、谁的家族最古老？

胡青凤是也。

聊斋里大部分狐狸都是野狐，只有《青凤》篇里的狐狸是狐狸中的皇室。

这个故事说的是太原耿氏，是当地的煊赫大族，原先的府邸闹狐狸，就举家搬走，旧宅渐渐荒废。耿去病是耿氏的后人，一向倜傥不群，某夜回到旧宅。窥见一家四口，一叟儒冠南面坐，一妪相对坐，一少年，一少女。少女照例是人间难得一见的姝丽。

耿去病闯入，家眷四散，只余老叟，两人相谈甚欢，一起喝酒。又细审门阀，老叟说他们一家人姓胡。

老叟问：听说你们耿家祖上有著作《涂山外传》？

耿去病说：有这么回事。

老叟说：我们胡家就是涂山氏的后裔啊。

涂山氏，何许人也？

耿去病"略述涂山女佐禹之功，粉饰多词，妙绪泉涌"。传说大禹三十岁未娶，一直操心治水之事，路过涂山，始有娶妻意。有九尾白狐来见，涂山民谣说娶了九尾白狐之女可以成为帝王，而且家国昌盛。禹以为吉，于是娶之，名为女娇，即涂山氏。涂山氏为大禹生下了儿子启，并且辅佐大禹。这只狐女对人类的功劳仅次于女娲！

耿去病描述了一番涂山氏的种种英"雌"事迹，并且加以各种粉饰奉承之词。老狐狸老胡听得如痴如醉喜不自胜。赶紧叫家眷都出来，大家一起听听我们祖宗的功德！

那个美少女叫青凤，是老叟的侄女，自幼聪颖过人，过目不忘。所以每有人叙述涂山氏的事迹，为了防止有所遗忘，老叟都要青凤出来听。

席间，耿去病内心激荡，各种撩妹，青凤也芳心暗许。耿生忍不住狂疾发作，大声说：如果我能和青凤在一起，就是给个皇位我也不换啊！

老叟勃然变色，大家不欢而散。

耿生不死心，夜里又一个人偷偷前去，满室寂然，空无一人。老叟脸涂黑磨，装作厉鬼，企图吓走耿生。耿生大笑，染指研墨自涂，灼灼然相与对视。鬼惭而去。

青凤偷偷前来与他相会，两人正欲大相欢爱，老叟闯入，且詈且骂，押走青凤。

他骂的主要内容是青凤与耿生的私会玷污了他们高贵的门第。

耿生心里想必吐血：我耿氏好歹也是太原的世家，今天居然被狐狸鄙视嫌弃了！

可是人家的历史可以追溯到尧舜禹那个时代，比周天子还要早很多！乖乖，这金光闪闪的家族！

却看如此古老而高贵的门第，它的苗裔是什么样的。

他们具有贵族的显著特征：特别爱听人讲述祖先的光荣事迹，恨不得让天下所有游吟诗人都来讲述他们的故事。凡有井水处，皆咏其歌。

这只老狐狸也是典型的没落家长的形象：他外强中干，一副独裁者的模样，他固执落寞，他的尊严高过一切，他不惜棒打鸳鸯来维护血统的纯正。

却看故事后半截，老狐狸带着老婆儿子和青凤连夜搬家。耿生却须臾未忘青凤。

有一年清明节，他正走在扫墓的路上，两只小狐狸被一只狗追赶，仓皇逃窜。一只小狐狸逃走，一只小狐狸楚楚可怜地依偎在耿生脚边。

耿生把它抱回家，往床上一放，原来是青凤。

他另置房屋，把青凤作为外室养起来（这件事如果被涂山氏知道，不要气得从几千年前的坟墓里跳出来！）。

又有一天，青凤的堂弟面无人色地跑进来，大叫救命，原来老狐狸第二天注定有一劫难。耿生有朋友喜好田猎，第二天，路过耿家，猎物里果然有一只狐狸，奄奄一息。耿生借口说自己的裘皮大衣破了需要狐狸皮补缀，救下这只受伤的老狐狸。

老狐狸，当然是老胡。

后来的后来，耿生让老狐狸一家都搬来，生活在自己家。

一个多么喜大普奔的结局啊！

一个情节反转到令人惊诧的结局！

原来这家末代皇室狐狸，徒有光荣而古老的祖先和姓氏，却百无一用。他们既没有聊斋中其他野狐的隔空移物的基础技能，也不能天降钱雨，下毒放蛊更是不能，没有武功，甚至连只狗都打不过。他们弱小到无力自保，最后靠一个凡人的庇护苟且偷生。

甚至，他们的生殖力都令人哀叹。

相比其他野狐的庞大人口，他们一家人丁不旺，老叟仅有一子，青凤是他的侄女。

而青凤与耿生生活在一起，一直未有生育。

这让我想起高中时，人手一本现代汉语词典。最末尾附有一张表格——历代帝王的子嗣图。读高中的我，晚自习闲来无聊，突然发现一个惊天秘密：每朝开国皇帝儿子很多很多，到了末代要么没有子嗣要么只有两三个。我默默地拿出一张草稿纸，写上：《从中国历代皇帝子嗣表，看人类创造力和生殖力之间的关系》。

但是，在晚自习上写这种东西是要请家长的，回家是要挨我爸一顿胖揍的，在学校是要成为移动的笑柄的！

我默默地擦掉这个宏大的标题，开始演算数学题。

唉，一个社会学家或者人类学家就此陨落了！

言归正传。

我和蒲松龄老人家英雄所见略同：一个家族或者一种文化，因为极度自大，极度封闭，导致的后果是创作力和生殖力同步衰减。

《青凤》的几次情节反转，其中微妙的反讽耐人寻味。

这一篇对于整部聊斋又有一种反讽，可能蒲松龄自己都未察觉。老蒲的人妖恋、人狐恋，人设很简单，套路都一样。主人公几乎都是世家子。这种对于门第的热衷已经作为一种集体无意识深深地镌刻在中国士人的基因里，简直就是作为代码写在DNA里。

然而，蒲松龄又敏锐地观察到了门阀制的衰朽。他在浑然不觉地解构自己，在浑然不觉地质疑自己，在浑然不觉地否定身处的、并维护的传统。

这种矛盾，反而让聊斋呈现出一种复调的特质，一种微微对峙的张力。

15

那个男人最大的丧，
是不相信女人爱的力量

最适合中国人过年读的聊斋，莫过于《阿纤》一篇。讲的是一只老鼠精爱上人类，并帮助他过上幸福生活的故事。

我一直纳闷十二生肖，为什么把"子鼠"放在第一位？一只硕鼠，难道不应该人人喊打吗？为什么又隐隐流露出对硕鼠的喜爱？

中国人对于老鼠向来怀有矛盾心理：一方面，人都吃不饱，它还来偷粮食！于是乎，要痛打落水鼠。

另一方面，一只硕大的老鼠，是丰年的象征。试想，连它都发福了，都油腻了！人类想必是可以打着饱嗝的。

一只硕大的老鼠，北方雪白大馒头上点的那个红点，粮仓上红色的"豐"字，农家小院的一树桃花，屋檐下码得整整齐齐的劈柴，都是人心安定的底气。

据说刚从饥饿状态走出来的人，连审美都是鲁本斯式的，只欣赏得了丰乳肥臀。太平盛世，人人都吃饱了，吃出"三高"了，才欣赏得了凯特·摩斯。

　　不过我想不明白，美利坚的人民都吃得那么饱了，为什么还是那么喜欢卡戴珊？

　　《阿纤》一篇，特别适合在冬天的炉火边，读给家人听，有一种稳妥得当的幸福感。

　　故事讲的是一个叫奚山的高密人，嗯，莫言的同乡，一直在沂蒙做点二道贩子的小生意。有一个夜晚，为了避雨，他躲在一户人家的屋檐下。一老者开门，招待他。老者姓古，名士虚。中途，一位十六七岁的少女进来招呼客人，窈窕秀弱，风致嫣然，是古老头的女儿阿纤。

　　奚山一见之下……不！你们别想歪了！蒲松龄没有那么污！

　　他没有心旌摇曳，他想的是弟弟三郎和阿纤无论年龄还是外貌，都可堪匹配，就跟古老头订下了婚事。

　　古老头只有一个诉求：阿纤是唯一的孩子，在这里是寄居别人家，能不能等阿纤嫁过去后，也给他们找个房子，一家人住一起？

　　奚山毫不犹豫地答应了。

　　出发继续去做生意。

　　奚山一个多月后才回来，经过这个村子，见到正在上坟的阿纤母女，才知道山墙倒塌，古老头居然被压死了！

　　阿纤的母亲做主：今夜你就带着阿纤走吧。

　　接下来，最好看的一幕出现了。

　　晚上，点上灯，招待奚山用过饭，老太太说：我们知道你要回来了，先卖了一批粮食，还剩二十多石，已经找好了买主，麻烦你去通知他一下今夜就来运粮食。

二十多石粮食有多少呢？

奚山先用驴子运了一袋去，买主的两位仆人带来五头骡子，又运了四趟。

他们藏粮食的地方，原来是在地窖中。奚山下去给他们用斗装粮食，老太太在上面发放，阿纤验收签码。如此忙碌了一夜，总算把所有粮食清空。

灯火通明的宅院，骡马往来的山路，装满粮食的地窖，流金泻玉的麦子玉米，这一切深深震撼了一个生活艰苦的二道贩子。这个弟媳妇找得真是好啊！

奚山带着阿纤和丰厚的陪嫁回去，受到全家人的热烈欢迎——谁会不欢迎呢？

他遵守了诺言，在附近腾了一个小房子，给阿纤的母亲住。

阿纤嫁过来之后，无多言，无是非，温柔可亲，而且白天黑夜纺线织布，一刻不停。和三郎也是恩爱甚笃，真是一个宜室宜家的好媳妇！

慢慢地，奚家富裕起来，三郎也入了县学。

不，这不是美丽结局。这时候发生了一件事，改变了阿纤的命运。

尽管阿纤再三叮嘱奚山不要向她们以前的邻居提起她们母女，有一次奚山在借宿的时候还是聊起了古家人。

这一下，聊出了惊天内幕：以前那宅子一向没人住，有一天下大雨，山墙倒塌，邻居跑进去一看，一只似猫而巨的妖物被压在下面，尾巴还一摇一摇的。后来带人再冲进去，妖物不见了。

奚山的内心震惊可想而知，回到家中私下里跟家人说新媳妇是个老鼠精，暗暗地为三郎担心，而三郎和阿纤恩爱如常。时间久了，家中人纷纷议论猜测这件事，阿纤多少有些觉察了，半夜里对三郎说："现在你们家把我不当人看，请你赐给我离婚书，你去另选一个好媳妇吧！"

三郎说："我的心意你是知道的，自从你进了家门，我们家日益富裕，都认为这福气归功于你，他们怎么能这样说你的坏话呢。"这人哪，还是要多读书啊！

过了一段时间，奚山又想出一招：去找了一个特别会抓老鼠的猫，养在家里，看阿纤的反应。阿纤虽然不怕，但也怏怏不乐。有一天，阿纤说去看望生病的母亲，就一去不回。

三郎过去问候，只见屋子里已经空了。派人四方寻访她们的踪迹，都没有消息。三郎思念阿纤，吃不下饭也睡不着觉。

三郎的父亲和哥哥奚山却都感到庆幸，安慰他，劝说他再娶。

一年多过去了，阿纤还是没有消息。父亲和奚山讥笑他，责备他。三郎只好买了一个妾，但思念阿纤的心始终不减。

又过了好几年，奚家的日子一天天贫困了，全家人又都思念起阿纤来。

　　三郎的堂弟阿岚在一个偶然的机会，遇见了阿纤，古太太已经去世，她孤身一人租住在一户人家。三郎得知消息，星夜驰往，两人相见，抱头痛哭。阿纤在地窖里又攒了三十多石粮食，卖了粮食，付清了房租，还有剩余。

　　阿纤说：我回去可以，但我们要跟奚山哥分开过，不然我宁可喝毒药。

　　这是一个多么烈性的姑娘！她可以遵守人类对一个好媳妇所有的规范，却不能忍受一个不问青红皂白给她贴上"非我族类，其心必异"标签的大伯子。

　　这姑娘爱他们全家人的心日月可鉴，可奚山却视而不见。人心就一定没有"异"么？可笑，可笑！跟《笑傲江湖》里每逢聚会就大喊"五岳剑派，同气连枝"一样可笑！

　　三郎一口答应阿纤的要求，回去就跟奚山分了家。

　　回到奚家，阿纤拿出她自己的钱，连日建造粮仓，而家中连一石粮食还没有，大家都感到奇怪。过了一年多再去看，只见仓中粮食已装满了。过了没几年，三郎家中十分富有，而奚山家却很贫苦。阿纤把公婆接过来供养，经常拿银子和粮食周济大哥。

　　后来，一家人真的过上了幸福的生活。

　　这个故事特别的"中国"——无论怎样，阿纤总会在地窖里藏上二三十石粮食。

　　手中有粮，心里不慌。

　　这一点完完全全戳中了中国人的心理。

小时候，每到过年，家中长辈总会买一本印刷粗糙的老皇历，在炉火边翻看。主要是看几人分饼，几龙治水，几牛耕田，几日得辛。

有时候他们会眉头紧锁，我们便小心翼翼地上前问：今年是几人分饼？

一人分一个饼，当然是丰年。有时候年成不好，会有五人分一饼，哪能吃得饱？

只要地窖里有二三十石粮食，便可心安。一个历史上隔段时间来一次"易子而食"的民族，他们的满足感和幸福感如此薄如蝉翼，想来如何不心酸？

看来像个笑话，说来令人潸然。

丰衣足食的今天，人活天地间，仍然不变的是一颗仁心和仰仗十指的诚实劳动。

第四部分

凡人之恋
好心酸

01
斑鸠啊，你别贪食桑葚；
姑娘啊，你别沉迷于爱情

聊斋中的《封三娘》尺度之大，绝对能跻身于整本书的前三甲。面对如此大的尺度，我一直踌躇，不敢下笔。

故事从中元节的盂兰盆会说起。

水月寺中，游女如云，有一位少女，极其美艳，骚雅尤绝。她叫范十一娘，当朝教育部部长的女儿，父母视为珍宝，求婚者络绎不绝，而她一个也没看上。

正在游览中，突然瞥见一位少女，紧紧跟在她后面，她走到哪里就跟到哪里，仔细一看，也是绝代美少女。

"悦而好之，专用盼注"。

美少女走上前来，微笑着说：你就是范十一娘么？

是啊。

久闻芳名，果然名不虚传啊。

如此看来，这位美少女封三娘哪里是偶然邂逅，分明是她等待已久。

两人开始把臂言欢，大相爱悦，依依不舍。

待到范十一娘要回家了，两人执手相看泪眼，范十一娘邀请她上门做客。封三娘自称父母双亡，家境贫寒，不便去朱门绣户的范十一娘家拜访。

十一娘"固邀之"，封三娘才允诺下来。分别时，一人以金钗赠之，一人以绿簪回报。

却说各自回家后，十一娘天天盼着封三娘来看她，相思欲死，竟然病了。父母到处托人打听，并无此人。

两个月后，正值重阳节，十一娘让侍儿扶着，恹恹地去看花。有一个女子趴在围墙上，偷偷地窥探，正是封三娘。

两人终于又一次相见。十一娘细细地讲述自己生病的缘由，封三娘泪如雨下，说：我如何不想你，只是我怕造谣生事的人飞短流长，对你身份这么高贵的人有所损害啊！

"偕归同榻，快与倾杯，病寻愈"。

病一下子就好了。这真是：一个人是另外一个人的解药。

两人整天厮混在一起，一旦有外人来，封三娘就躲起来。这样过了五六个月，十一娘的娘亲才知道。有一天趁两人下棋，娘亲闯进去，对女儿说：你闺中有良友，我很欣慰，干吗不早告诉我呢？又转头对封三娘说：你陪伴着我的孩子，她这么开心，无须每次躲起来啊！

且看封三娘如何反应："羞晕满颊，默然拈带"。

傻子都能看出来这两人哪里是朋友之爱！

这一次的幽会持续了好几个月，最后被十一娘的哥哥打断

了，他偶然瞧见了封三娘，惊为天人，见色起意。封三娘要死要
活，执意要走。

如此一去，十一娘伏床悲惋，如失伉俪。

又过了一个月，十一娘的婢女在村子里偶然碰到了封三娘，
抓住她的衣服说：我家姑娘为你快死了，你一定要跟我去瞧
瞧她。

这一次，两人连榻夜话。

封三娘做出一个重要决定：替十一娘物色一个丈夫。

你这么大了，我们也不能老厮混在一起，我替你找个丈夫吧。

然。十一娘只回答了一个字。

这一个字，回答得甚是苦涩而苍凉。

以你的才色门第，什么样的贵婿找不到呢？不过那些纨绔
子弟不能嫁，如果你要找一个称心如意的人，就不要以贫富为标
准。封三娘循循善诱。

然。十一娘回答。

旧年邂逅处，今复做道场。明天我们两个一起去我们初次相
见的水月寺，在那里，我给你物色一个好丈夫，我少年时读过看
相的书，我看中的人不会差。封三娘替她如此周全安排。

然。既然不能跟你在一起，那跟谁在一起都一样了。

第二天，两人同车去了水月寺。在那里，封三娘指着一个
十七八岁的秀才说，就是他了，容仪俊伟，将来是翰林之才，他
叫孟安仁。

却看十一娘如何反应：略睨之。

她只略略地瞟了一眼。他容仪俊伟，他是未来的翰林，他姓孟还是姓孔，跟我有什么关系？

接下来由封三娘做媒，经历重重波折，十一娘终于和孟安仁结合。

待两人安顿下来，封三娘转身便走。她以为从此可以抽身而去。十一娘拉住她，说：我们为什么不能效仿娥皇和女英，共侍一夫呢？

封三娘这才说：我少时学习吐纳之法，我追求的是长生不老，所以我谁都不嫁。

有一天，十一娘假装说孟生出门了，留下封三娘一起饮酒，封三娘这一次喝醉了。孟生偷偷地溜进去，迷奸了她。十一娘以为这样可以永远留住她。

封三娘醒来，说：妹子你害了我啊。我本是狐妖，如果色戒不破，道成当升第一天。只怪我当初在水月寺看到了你，忽生爱慕，如茧自缠，遂有今日。这是情魔之劫，非关人力。如果我继续留下来，则魔更生，无底止矣。

然后，她就走了，永远地走了。

后来，孟生果然中了翰林，两口子也得到了老丈人等主流社会的承认。

但是细细想来，孟生等人都只是障眼法。它的内核是一个女同的故事。

狐妖封三娘一开始就知道，她对十一娘的爱不是闺蜜之爱，她在水月寺伺机接近她，试探她。一见之下，无法自拔。而贵族少女十一娘一开始是懵懂的，那么多求婚者她都不中意，她自己尚不清楚自己要的是什么，在水月寺与狐妖相见，她才慢慢明白她要的是一个同性的爱。她不知道修行和长生之事，她是一个被宠坏的孩子，她要的东西一定要到手。

她旗帜鲜明地生病，她明火执仗地相思欲死，她又哭又闹地要她留下，她拿出母亲的号令不许哥哥染指自己心爱的人。她无力自拔，她铤而走险，最后使出最腹黑最污秽的招数。

而狐妖封三娘心里要苦得多，她明知这要阻碍她的修行，一边苦苦抗拒，一边又无力自拔，一遍一遍去找她。她隐忍，她踌躇，她替她物色丈夫，以为可以挥剑斩情丝，以为可以金蝉脱壳，随时抽身而去。

结果，堕入情海，无论男女，无关性别，不论是人是妖，都如茧自缠，无法收场。

这个故事最惊世骇俗之处在于，在那个男权社会，男人居然不是欲望的主体，只是一个障眼法，只是备受压抑的女同的一个替身。

蒲松龄啊蒲松龄，你的确够勇敢！

在丈夫中了翰林之后，在重新回到上流社会之后，有多少个午后，十一娘从一场混沌不堪的梦里醒来，又热又累，自己都会嫌弃自己的身体，它日渐臃肿乏力。

她再也没有力气去爱了，眼看着力气就像窗外的夕阳，渐渐流尽。

再也没有力气，哪怕是抬起手臂。

只管沉沉地让手臂垂下去，一直拖到地板上。

那一年，在水月寺，人海中瞥见的那张脸已经恍如隔世。那些不顾世俗眼光疯狂相爱的日子，像一场春梦，偶尔提醒曾经的自己是那么勇敢。

如今，把自己装进一个老少咸宜、雅俗共赏、喜大普奔的套子里，就这么悄无声息地腐朽掉吧。

02 从前，
有一个俱乐部，
叫"识趣的正室"

《聊斋志异》里，最令男人羡慕的就是一个个穷书生，突然半夜里就有花妖狐魅来敲门，夜夜欢好，还自带各种特异功能，能致富能长寿能中举能生子。

最令女性羡慕的是那些花妖狐魅，在仙界冥界人间穿梭自如，在各种幻象和面貌中自由幻化，敢爱敢恨，遇到渣男就狠狠报复，痛快淋漓。

可是，在聊斋里，还有一个群体，每日默默无闻，春日凝妆上翠楼，望断天涯路。另一厢，她们的丈夫正和花妖狐魅爱得死去活来。

她们就是书生的正室。

那些在广阔天地里发生的惊心动魄的故事，她们是没有份的，她们被困在闺阁里，困在男权社会里，困在自身的局限里，悄无声息地风干、死去。

她们没有存在感，甚至连名字都没有留下，只有一个字——妻。她们也鲜少发出声音。

先来看《聂小倩》。

宁采臣是聊斋里少有的宣称自己"生平无二色"的男子。

在宁采臣一次一次拼却性命救得小倩之后，小倩复活了。

在路上，小倩就开宗明义地宣布，感谢你救了我，我愿意当你的小妾，一辈子伺候你。

鸡贼如宁采臣，啥也不说，带着她回家了。

到了宁家，小倩才知道宁采臣其实是已婚人士。"时宁妻久病"，久病，那也是一个活生生的妻子啊。

于是，一个略显造作的场景出现了：无论聂小倩如何风情万种，淹然百媚，媚眼如丝，如何讨尽宁母的欢心，如何尽心尽力操持家务，每到暮色四合时，宁母和宁采臣就催促她回到自己的孤坟里去。

倒是请了一个免费的家政工。

不能在宁采臣的家里有一张床，这几乎是一种隐喻，她的身份无法得到承认，一是因为非我族类，更重要的是宁采臣的正室还在。而宁采臣是"生平无二色"的男人呀！

每到日暮，小倩就愀然色变，哀求宁采臣：求求你，能不能不要让我回到孤坟里去，臣妾真的是害怕啊！

宁采臣正色说：斋中别无床寝，且兄妹亦宜远嫌。

真是嫌你妹啊！

两人在金华寺经历了生死相依，你说只有兄妹之情，骗鬼呢！

就好比说现代人一起环游地球八十天，再经历过地心游记，

再一起登上过月球，再穿过了海底两万里，在金银岛上掘过宝，在加勒比海上携手打过海盗，最后你说一点感情都没生长出来？谁有闲劲在一个毫无感情的陌生人身上浪费这么多时间，为她一次次抛却性命！

小倩闻此，含泪，转身出门，涉阶而没。

嗯，涉阶而没。从此我见这四个字都觉得悲情。

亲爱的读者，难道你忍心看小倩过着这样的日子么？

其实宁母和宁采臣也于心不忍啊！

这样的局面并没有僵持多久，"无何，宁妻亡"。

这样一个没有留下姓名的女子，识趣地及时地领了盒饭，为宁采臣和聂小倩的旷世奇恋腾了位子。

这种安排和结局，反映了男性作家微妙的潜意识。

无怪乎，到了民国，张爱玲略带揶揄地说了那段红玫瑰和白玫瑰的俏皮话。

热烈的红玫瑰来了，白玫瑰你还是识趣点吧！

还是民国，我想起了一个略显生僻的名字——朱安。

大先生他和"害群之马"去了厦门，又在上海定居，又生了"小白象"……他死后的备极哀荣，他所有的生死爱欲，竟然和她无关。

他一生那么强烈充沛的情感，他的激情，他的温柔，竟是半点都不洒给她。

如果她看了他的《两地书》，如果她识字的话，该是如何的锥心？

她只是一张挂在神龛上的画像。她忍住眼泪，把咬碎的牙齿和血吞下去，然后紧紧地闭住了嘴。

这些正室，识趣得让人心疼。

或许有人说，婚姻也是个权力场，手上没有筹码，当然只能做小伏低。该隐退就隐退，该挪位子的时候挪位子，该狗带就狗带。

好吧，聊斋里还有一个故事《颜氏》，一个奇女子，有经天纬地之才，位极人臣，在她的婚姻里，她能做主么？

颜氏女，名士之后，聪明绝顶，婚后发现丈夫是绣花枕头一包草，学问一塌糊涂，文章臭不可闻。乏善可陈到老蒲连名字都懒得给他取，就叫"某生"。

一开头，颜氏以为丈夫考不好是因为不努力，就像严师一样督促他，没想到他愚钝至极。有一次落第回家，嗷嗷大哭。颜氏说：我如果是男子，替你考试，那不分分钟考个985和双一流！

某生眼泪一擦，说：你以为考功名像你在厨房煮个稀饭那么简单！

颜氏说：你不信，下次我替考！

结果她女扮男装，一路高歌猛进，第一年中顺天府第四名举人，第二年中进士，派做桐城令，政绩杰出，升河南道掌印御史，富比王侯。

真是愧死须眉！

然尔，老蒲写了一个非常发人深省的结局。

颜氏后来把功名让给了丈夫，自己闭门雌伏。因为不孕，只好自己拿钱给丈夫纳妾。

即使她胸中有百万兵，广阔天地大有可为，在家庭里，仍然得掏钱出来给丈夫纳妾生儿子。

颜氏开玩笑说：我宦迹十年，只有你一人。君何福泽，坐享佳丽？

某生也说：面首三十人，请卿自置耳。这当然是玩笑。

在那个时代，男人虽然家有贤妻，行走江湖，身上依然贴着available（有空的，合用的）的标签。女人如法炮制呢，怕是要钉在耻辱柱上。

这样的女强人犹且如此，正室的地位尚且如此，那些妾呢，那些连妾都不如的女人呢？

女性的地位和命运在当时可见一斑。

她们被遮蔽，被遗忘，被囚禁，被辜负。

那些来去自如身有异禀的花妖狐魅，不过是一种向往吧。

虽然这个俱乐部日益冷落，但时至今日，大厅里仍然坐着人，端坐着，闭着嘴，忍着泪，等着被岁月风干成一颗颗干核桃。

03
每个人都有罪，
除了那个婴儿

　　聊斋里的《金生色》，篇幅不长，却大有深意。它不讲情，它讲欲；它不讲深情，它讲无情；它不讲报恩，它讲复仇。

　　我特别喜欢看一种类型的西片，整部电影发生在一间房里，几个人，没有外景，没有特效，他们逐一抖落虚伪的外套，露出狰狞而真实的人性。比如肥温演的《杀戮》，比如曾经大热的《完美陌生人》，比如《魔方》……

　　《金生色》很适合拍成这样的影片，室内剧，却张力十足，表现出深不见底的人性。

　　故事是这样的：

　　金生色（瞧这古怪的名字，老蒲故意的），山西宁武人，娶了同村一个姓木的姑娘。

　　两人生了一个儿子，才满周岁，金生色忽然生病了，病得蹊跷。他料想自己活不长了，对木姑娘说：我死了之后，你一定要改嫁，不要守节！

　　看官肯定想说，这金生色是个善良厚道的人啊！非也非也，从后文看，与其说他厚道，不如说他识人之深。

木姑娘一听，赶紧"甘词厚誓，期以必死"，赌咒发誓说宁死也要守节。金生色心知肚明，他招手叫自己的母亲过来，再三叮嘱：我死了之后，小孙孙您帮忙养着，这个媳妇你让她改嫁吧！

为何说他识人之深？从后文方知妙处，他除了了解这个娇妻，还了解自己的母亲，母亲是一个掌控欲非常强的女人！他叮嘱的正是不放心的，母亲未必愿意让木姑娘改嫁。

母亲哭着答应了他，他才死去。

葬礼上，尸骨未寒，木姑娘的母亲对金母说：这女婿也死了，我姑娘这么年轻，你们打算怎么办啊？

金母正在悲痛中，听到这话，激愤不已，赌气说：必须让她守节！

当天夜里，木媪陪着女儿睡觉，偷偷地说：哪个男人不能做你的丈夫呢？你好手好脚的，多的是男人要！别被这个孩子困住了，如果你婆婆让你守节，你就不给她好脸色看！

金母刚好路过听到，愈加愤怒，本来我儿子让她改嫁的，你们如此急不可耐，那我一定不让她改嫁！

金母和木母较上劲了，那木姑娘本人到底意下如何？

蒲松龄用极尽讽刺的笔调这样写道："妇思自炫以售，缞绖之中，不忘涂泽。居家犹素妆；一归宁，则崭然新艳。"哪怕穿着孝服，也不忘涂脂抹粉，一回娘家就穿得花枝招展，这样的女人，如何守得住？如此方知金生色识人之深！

　　木姑娘一心改嫁，半刻也不能忍耐，娘家人也一副猴急的模样。金母却不乐意让他们得逞。如何破局？

　　金生色托梦给母亲，哭着求她，你就让她去吧！

　　金母只好对木姑娘说：出殡之后，来去由你！可是一问风水先生，说本年不宜下葬。这下正中金母下怀！

　　一年后才能下葬改嫁，木姑娘如何忍耐得住？

　　同村有个泼皮无赖，叫董贵，惦记上这个新寡妇。董贵用金子贿赂金家隔壁的老妪，夜里，从老妪家翻墙到木姑娘的房间。如此，在隔壁"王婆"的帮助下，两人相好了十多天，全村除了金母，其他人都知道。媳妇房里有个小丫鬟，是木姑娘的心腹。

　　有天夜里，金生色的鬼魂开始复仇！开始一系列连环杀戮！这样的杀戮，我们在《水浒传》里见过！武松杀潘金莲，石秀杀潘巧云。

　　金生色生前是一个身体孱弱的武大郎，死后的鬼魂却颇具武二郎的风采神韵。

　　他杀伐决断，嗜血果敢，环环相扣，一气呵成。

　　夜里，木姑娘和董贵正"两情方洽"，突然听到棺材里发出爆竹一样的巨响。小丫鬟睡在外榻，看见死去的金生色提着剑进到卧室去，然后听到木姑娘和董贵受惊吓声。过了一会儿，董贵全裸奔出。又过了一会儿，金生色的鬼魂揪着木姑娘的头发也跑出去。

却说董贵翻墙窜到隔壁"王婆"家，畏缩在墙根，身无寸缕，苦寒甚战，准备向"王婆"借衣服。看见院子里有个小房子，门虚掩着，就摸黑溜进去，摸到床上，触到一个女人的脚，知道是王婆的儿媳妇。"顿生淫心，乘其寝，潜就私之"。

这个泼皮无赖的情欲之旺盛由此可见一斑，正常人遭遇死人提剑而入估计已经吓得半死，终生不举，他刚从鬼门关回来，却又起淫心！

邻家妇问：你回来了？董贵答：嗯。"妇竟不疑，狎亵备至。"

这其实是一场天大的误会！邻家儿子去北村办事，叮嘱妻子"掩户以待其归"。哪里想到半夜会来一个董贵！

邻家子回来，在院子里听到要命的声音，"疑而审听，音态绝秽"。

于是邻家子操戈而入，董惧，窜于床下。子就戮之，又欲杀妻。妻子哭着解释这纯粹是个误会。邻家子"乃释之"。但不知道床下何人。呼母起，共火之，打起火把一看，这一下不得了！

王婆的心里肯定是晴天霹雳，这天杀的泼才，居然是董贵！助他诱人妇，结果反淫己妇！

这样的报应，如何向儿子说！

董贵当时还未死，还招供自己并非与邻家妇素有私情，只是从木姑娘那里来，偶然摸到邻家卧室的！

照说，如此一来，邻家妇的清白得到了证明，可免一死！

结果却是，"王婆"对儿子说："捉奸而单戮之，子且奈何！"

"子不得已，遂又杀妻。"

寥寥八个字，邻家妇就这样无声无息地死了。

这是最暗黑的一刀！它不是来自鬼魂，而是来自最亲近的人，最恐怖的不是刀，而是丑陋的人心！

"王婆"必欲除之，才能掩盖她的罪恶和心虚。

而那个当丈夫的，难道不念在昔日夫妻情分，以及一场已经证明的误会，放下那沾满血污的刀？

这个连姓名都没有的邻家妇，何罪之有？

我们在书中听到她欢愉的呻吟，连晚归的丈夫在门外都听到了，可见其欲仙欲死的情状。

在面对丈夫染着血的刀，她却失声了。并不是她不知道哭喊哀求，而是他听不见。

他耳边回荡的是她在他身下从未发出过的欢愉的呻吟，还有他娘亲那句"把这个妖艳贱货也杀了吧"，像一道咒语，促使他毫不犹豫手起刀落地刺向自己的女人。

他也明知那是一场误会，但是人性的微妙和深不见底，就在于，她发出了前所未有的欢愉的叫声，这是他从来不曾给予过的。这深深地刺痛了他。

这是促使他刺下这无情而黑暗的一刀，最不可言说却最有说服力的心理原因。

八个字，留了多少白，却能从无声处听到惊雷。

在一个封建社会的男性眼里，邻家妇的罪过在于她发出了欢愉的呻吟，享受了快感。

却说董贵这个性欲旺盛的泼皮究竟是自寻死路，还是一切尽在鬼魂的掌握中，真是难以说清。

宿命向来是偶然加上必然，他一定会死在女人的床上或者床下，这是他的宿命，也是报应。

金生色无需自己手刃仇敌，他只需要起个势，惊吓一下董贵，他自然会入彀，自取灭亡。

"西门庆"死了，再说那"潘金莲"的下落。

那夜，木姑娘的爹刚睡下，听到拉拉杂杂起火的声音，跑出去一看，有人纵火，翻墙而去。墙外是他们家的桃园，木翁带人追去，隐隐约约看见墙根下有个东西，一箭射过去，软软的，跑去一看，是自己的亲生闺女，赤身裸体躺在那里，一箭贯穿胸脯和头颅。

那个纵火者当然是金生色的鬼魂。他诱导木父亲手杀死自己的女儿。

故事的结尾是邻家妇的哥哥上诉，邻家"王婆"因为导淫，杖毙；木家以诲女嫁，定罪为纵淫，受鞭笞；使自赎，倾家荡产。

这出剧里，情欲是最大的推动力。这出剧里，人人有罪，除了那个婴儿。

　　木姑娘和董贵，性欲过于旺盛是一种罪。木姑娘的父母，过于急切自私是一种罪。无论是职场还是情场，中国人不待见把欲望写在脸上的人，吃相太难看。邻家子的自卑和嫉妒是一种罪。王婆的导淫和狠毒是一种罪。

　　那金母呢？她没有罪吗？尽管她一直占据着道德的制高点，是全剧除了婴儿唯一没有受到惩罚的人。她有罪，她的罪过在于她的掌控欲。她的罪过在于低估了欲念的威力。她的罪过在于企图去压制这种勃发的欲念。

　　那金生色呢？他有没有罪？

　　也有罪，过于深谙人性也是一种罪。他轻车熟路驾驭人性的弱点和黑暗，布下一个局，触动一个开关，给一辆马车最初的一点原动力，让它疯狂地跑下去，直至坠入深渊，摔得粉碎。

　　他看似清白，手上没有血污。

　　其实他扮演了上帝的角色，他僭越了！当然有罪！

04

我们翻越了千山万水，
却越不过心里的那根刺

　　我一直说蒲松龄笔下的花妖狐魅女鬼几乎个个可爱至极，那么人间女子呢，难道就远远比不上她们吗？非也非也，即使没有超能力加持，他笔下也有凡间女子光彩照人，丝毫不输给那些花妖狐魅女鬼。

　　今天要说的是《王桂庵》里的芸娘，一个有生命硬度和质地的好女子，如水晶般亮烈、明锐、易碎。

　　王桂庵是河北大名府的世家子，有一次南游，舟泊渚岸，突然瞥见邻舟有船家女，"绣履其中，风姿韶绝"。

　　我们且看王桂庵眼中的她是什么样的。

　　不是蒲松龄常用的"丽绝""姣丽无双""骚雅尤绝""端妙无比"——这些统统是外貌的描述。

　　这个"船家女"，身上有一种卓然的气质，一种独特的风姿，一种精神上的而非外貌的吸引力。这让一个见多识广、品位不俗的世家子眼前一亮，不由得多看了几眼。

　　照说一个船家女，长相秀丽是完全有可能的，但要气质高雅委实很难。她真的是船家女吗？她真实的个性是什么？她出身于何种家庭？接受了何种熏陶？——这些是蒲松龄布下的疑团。

作为从大都市来的世家子王桂庵，开始了一系列套路很深大约也是屡试不爽的撩妹：

首先，朗声吟诵王维的《洛阳女儿行》风示舟女，"洛阳女儿对门居，才可容颜十五余……"她似乎意识到这是故意诵给她听，"略举首一斜瞬之，俛首绣如故"。矜持，淡定。试想男神在邻舟用地道的伦敦音给你朗诵一首when you are old，你试试看，把持得住？

接着，又丢了一锭黄金过去，砸到她的衣襟上，她看都没看他一眼，捡起来丢回岸边。这时，王桂庵心里愈发惊奇：这可不是一个没见过世面的乡下姑娘啊！

最后，又掷一对金钏到她脚下，她继续绣鞋子，没有理睬。就在这个时刻，她父亲回来了。王桂庵害怕舟人看见金钏被追问责骂，心里急得不得了。却见"船家女"轻轻地用脚盖住金钏，逃过了父亲的眼睛。还没等王桂庵回过神来，船开走了。

当时，王桂庵的妻子病逝，正想再娶。这么轻轻地过了三招，他心意已决：眼前的女子可堪良匹，她不是只能享受鱼水之欢的妖媚女子，而是一个品德高尚、气质高雅的正妻人选啊！

他遍问旁边的舟子，没一个人认识这对父女。沿江细查，一无所获，只好北归。回去之后，寝食皆萦念之。

第二年，他又南下，买了一条船，住在江边，天天查看来往的船只。可谓是，过尽千帆皆不是，可怜一片痴心人。半年后，钱花光了，他只好又回北方去，还是无法忘记她。

有一天他做了一个梦，梦见到了南方江边一个小村落，有一个农家小院，院中一棵合欢树，里面住的正是船家女。梦中所有的细节历历在目。

又过了一年多，王桂庵去镇江拜访世交徐太仆。赴宴的途中迷路，误入一个农家小院，竟与梦中所见分毫不差，并且见到了"船家女"。两人介绍身世，剖白心事，原来她叫芸娘，姓孟。

她只有一个疑问：您既是宦门之后，自然不乏美妻的人选，还要我去干什么呢？

王桂庵着急地说：如果不是因为思念你的话，我早就娶妻了！

芸娘不卑不亢地表达了三层意思：第一，咱也是有众多追求者的，我为了你拒绝了好几家的婚聘；第二，你给我的金钏我一直保留着，等你来找我，我对你也是一见钟情；第三，既然我们情投意合，去请媒人来正式提亲，否则，这事不成。

却说王桂庵还是小瞧了这对父女。宴罢，他来拜访孟老先生，拿出一百金，说想娶他的女儿。

却看孟老先生如何回应？

一个贫寒农家的老者，并未见到金子就两眼放光，他淡淡地说：对不起，我女儿已经许配别家了。

王桂庵急了：我明明问了还未婚配，怎么突然就有人家了呢？

泼茶，送客。

好个孟老先生，果然芸娘这样的女儿，养育她的父亲不一般！

王桂庵只好怏怏地回到徐太仆家，一副失魂落魄的样子。他想央求徐太仆帮忙做媒，又怕人家笑话自己娶个身份低微的女子，但又确实爱芸娘，徘徊良久，还是开了口。

孟老先生原来居然是徐太仆的远亲。

徐太仆的大儿子亲自登门，孟老先生欣然同意，说：我虽贫寒，但不是卖女儿之人，先前王生拿着金子来，以为我必然为金钱所动，我不敢把女儿嫁给这样的人。现在既然是徐大郎出面，必然是好的。但这事我还得同女儿商量，她点头就行。

过了一会儿，他出来，说这婚事可以定下来。

有情人终成眷属，两人借徐太仆的房子成了亲，一起北归。

你以为故事结束了？从此他们幸福地生活在一起？

故事最精彩的在后面呢。草蛇灰线，慢慢发酵，即将在最后一刻暴露出真实的人性！

他们沿江而上，行到当年初次相见的地方。已是夜里，两人在舱内握手相偎，絮絮说些当年的旧事。王桂庵问：你的气质看起来就不是船家女，当日为何在船上？芸娘说她并非船家女，那日是叔叔住在这江边，父女俩撑船来看他。还取笑王生：还丢金子到我身上，瞧你那点出息！以为我就见钱眼开了？后来要不是我机灵，把金钏遮盖起来，你死定了！

201

王桂庵笑着说：你固然很聪明，可还是上了我的当！芸娘脸色一变：此话怎讲？

王桂庵故意不说。芸娘声音都急哑了，不停地追问。

离家越来越近，反正纸包不住火。你不知道我在大名府家中有正妻么？吴尚书的女儿。

芸娘不信。王桂庵说得有鼻子有眼睛。

却看芸娘如何？她忍气吞声黯然接受哭天抢地，还是……

蒲松龄用了一连串短句，"芸娘色变，默移时，遽起，奔出，王跣履追之，则已投江中矣"。惨然色变，沉默良久，突然跳起，跑出船舱，投身江中。好一个亮烈的女子！

王桂庵大呼，夜色昏蒙，唯有满江星点！他悲痛终夜，沿江而下，以重金寻其骨骸，终无所获，郁郁而归。

其实，他哪里来的正妻吴尚书的女儿？只不过是一句玩笑话。

看官要说了，这芸娘真是个没有幽默感的人啊！一句玩笑你就投江，这暴脾气！再说你去大名府看看是不是有个正妻在，再死也不迟啊！

根据弗洛伊德的理论，其实人的口误、笔误、玩笑往往流露出人的潜意识。王桂庵的潜意识是什么？是嫌弃芸娘的出身低微。

蒲松龄非常高妙地让他出场吟诵《洛阳女儿行》，可谓大有深意。

王维的诗，写的是一个富且贵的青年狂夫，娶了门当户对的洛阳少女。结尾又心酸又残酷地来一句：谁怜越女颜如玉，贫贱江头自浣纱。王桂庵以"城中相识尽繁华"的狂夫自居，他梦想中的佳偶是洛阳女儿，结果恋上的是浣纱越女。

这种失衡和错位，在相爱之初，确实让位于真爱，但骨子里头根深蒂固的门第观念总是有意无意盘亘在心间。

聪敏如芸娘，瞬间明白这个玩笑是不是真的已经不重要，重要的是他暴露了不甘心。而这一丝一缕的不甘心，会像蚁穴一样，最终令整条长堤溃口。她无须去求证去实地勘探，高贵明洁如她，选择了死亡！

那一瞬间，我脑中跳出了卓文君的《白头吟》："皑如山上雪，皎若云间月。闻君有两意，故来相决绝。"

所以我说芸娘是有生命硬度和质地的人！

可叹的是芸娘终归天真。她以为他过尽千帆皆不是，从此"潮平两岸阔，风正一帆悬"。

岂料我们翻越了千山万水，绕过了无数暗礁，却终究越不过心中的那根刺。它像一个墨西哥巨型仙人掌，长在我们前进的路上。让一段本来望见曙光的感情，走上了断头路；让一艘即将到岸的船，瞬间倾覆。

这不是故事的结局。后来芸娘被人救起，生了儿子。王桂庵巧遇母子娘，接回大名府，从此幸福地生活在一起。

这还不是故事的结局。结局是续篇，写了他们的儿子。

两个文本，对比观照，更有意思。

这个儿子爱上表妹，表妹的父亲不同意，他就寻死觅活、奄奄一息，又有少女五可青睐有加自荐枕席，于是他迅速忘记表妹……结果两女共侍一夫，其中一个做正室，一个半推半就做了侧室。结局是两女其乐融融，好到可以换衣服穿！

这脓包儿子哪里是恋爱，用方鸿渐的老父亲那句话说，"压根就是生殖冲动！"

两相对比，你才发现王桂庵虽然也有混蛋之处，跟其儿子比起来却算是情痴！那两个儿媳妇和那个婆婆比起来，唉！一代不如一代！下一代哪来的生命的硬度和质地啊！

而芸娘这个光彩照人的女性，在进入世家的深宅大院之后，作为一个个体的"人"渐渐被遮蔽，成为一个面目模糊的中国式母亲。

属于她的传奇结束了！

05 一桩事先张扬的爱情

《阿宝》中的孙子楚，在聊斋痴人榜上可以跻身前三甲。

他自残，他寻死觅活，他失魂落魄，他变身为一只鹦鹉，不断地向女主人公阿宝诉说他如何爱她，没有她就会死。

他就是用这种非常低级的撩妹手段，类似某些简单粗暴的广告，不断刺激阿宝的下丘脑，不断强化记忆，不断植入情感芯片，最后让阿宝陷入一种幻觉：我好像也应该爱上他！

待我把这个故事慢慢道来：

粤西有"名士"孙子楚，性格迂讷，口齿迟钝，别人骗他，就信以为真。既呆且穷，还长个六指，常被人取笑。

城里有个大商贾，富比王侯，偏生还有个女儿阿宝，生得美貌绝伦，提亲的人络绎不绝，都不合意。

孙子楚刚丧妻，就有人故意撺掇这个呆子，让他去向阿宝求婚。他想也不想，找个媒婆去提亲。结果可想而知，媒婆被拒，正准备回去的时候，碰到了阿宝。

阿宝听说是有名的呆子来求婚，忍不住戏弄说："婆婆你回去告诉他，如果他砍掉六指，我就嫁给他！"

媒婆转告孙子楚，呆子说：这不难！待媒婆走了，呆子提起斧头就砍，鲜血淋漓，痛彻心扉，几天后才从床上爬起来，拿着断手指给媒婆看。

媒婆被吓得够呛，去找阿宝。阿宝也大吃一惊，说：请他去掉痴病吧。

痴病岂是可以像拔火罐一样可以拔掉的？痴气又不是湿气！

他在断指之后，更痴了。

清明节，孙子楚也随其他人出去游玩。见旷野中有一棵树，很多人围在树下。随行的损友说：肯定是阿宝。果不其然，阿宝在树下歇息，观者如堵，孙子楚也奋力地挤进去。以前还只是听说阿宝的美名，这一次亲见，孙子楚跟韦小宝初见阿珂一样：我要死了我要死了我要死了……

阿宝见轻薄儿越来越多，快步离去。众恶少评头论足，欣喜若狂。只有孙子楚失魂落魄，呆立不动。众人把他又拉又拽，弄回家，身体僵硬卧于床上，魂魄却随阿宝走了。

阿宝每晚在梦里与人交合，问他是谁，他说是孙子楚。阿宝不敢把这事说出去。

孙子楚的身体僵卧在床上，只有喘气声。家人害怕极了，却听他说：我的魂魄在阿宝家。

绝望的孙家人哀求阿宝的父亲，终于允许上门去招魂。巫婆回到孙家，就听见他的呻吟，濒死的孙子楚终于又活过来了。

活过来的孙子楚逢人就说阿宝闺房里的细节，分毫不差。这

206

桩根本没有萌芽的爱情经过如此张扬，在那个时代，阿宝除了上吊和投井，就只剩下嫁给他这条路。

阿宝心里终归是不情愿。

孙子楚使出最后一招，终于让阿宝誓死嫁给他。

孙家死了一只鹦鹉，孙子楚的儿子拿着死鹦鹉玩，孙子楚心里默念，如果我能变成这只鹦鹉飞去阿宝家就好了。

结果，孙子楚的魂魄真的移到鹦鹉身上，振翅飞去，飞到阿宝的闺房。它对阿宝亮明身份，请求阿宝嫁给他。

人禽各异，如何通婚？

阿宝喂它，它就吃；阿宝坐，它就倚在身旁。阿宝可怜它，派人偷偷去孙家打探，孙子楚已经在床上僵死三天，只有心头未凉。

阿宝于心不忍，说：如果你能复原为人，活过来，我一定嫁给你！

就这样，孙子楚振翅飞回去，活了过来。

两人终于结为夫妇。

这个故事没有美感，也无法带给人感动。因为它压根不是一个爱情故事。只有一方不停地出击，类似拆迁队简单粗暴的作风，不管住在这里的人意愿如何，反正我先写个大大的"拆"字，向世人昭告："这块地是我的了！"

那个大大的"拆"字，血淋淋的，是他自断手指的血，是他几次丢失魂魄家人痛哭的泪。

另一方的阿宝，惊吓和怜悯多过倾心。婚后不久，孙子楚因病去世，阿宝居然跟着上吊自杀。这哪里是爱情？分明是斯德哥尔摩综合征的典型案例！

时至今日，也常有男生不顾对方的心意，高调示爱，在女生宿舍下摆心形蜡烛，拿着大喇叭高喊我爱你！停掉整个学校的电，只为用灯光在对面宿舍打出"I LOVE YOU"的字样！

最酷的是有女生迤迤然走下来，端一盆水，浇灭了蜡烛，然后迤迤然走上楼去。为此，有一个专门的词汇诞生了——"十动然拒"。

我十分感动，然而还是拒绝了你！

"十动然拒"，是女性的巨大进步。她不再屈从于一种道德绑架，甚至不再屈从于观众的意愿，她只听从自己的内心。

06 有没有一个人，
让你下雨天幻肢痛？

蒲松龄有几篇故事，都是讲躲雨躲出来的孽缘。

《窦氏》即为其一。

南三复，晋阳县官僚人家的公子，有一所别墅在离家十多里的地方，每天都策马去一趟。一向无事。本来，这样的世家子将来娶的肯定是门当户对的大家闺秀，一生的大任就是博取功名封妻荫子。

偏生，有一天，在从别墅回家的途中，遇到了一场大雨。命运悄然在这里拐了一个弯。

大雨倾盆，他四顾茫然，见不远处村庄有一户农家，赶紧策马过去。入其舍，小如斗。南三复坐下来，主人殷勤而畏惧地招待他，泼蜜为茶，大约这是最拿得出手的饮品了。

南三复问他姓什么。姓窦，名延章。名字听起来挺风雅，不是庄稼汉也不是马二混那种苦力，倒像是一个落魄的耕读世家子弟。

雨一直下，总不见小。

　　窦家"进酒烹雏，给奉周至"，又是温酒，又是清炖小鸡，殷勤备至。

　　就在酒酣耳热之际，南三复突然瞥见一位十五六岁的少女，在门外露出半边身子，虽然未窥见全貌，却是"端妙无比"四个字跃上心头。

　　这个窦家女，大约并不是国色天香，一个村姑，有一点点姿色和丽质，在一场暴雨的灌注下，共同挤在一个蜗居里，足以让男人动心。

　　这种动心是心里咯噔了一下，像那首歌里唱的"有那么一点点动心，一点点迟疑，不敢相信我的情不自禁"。不是韦小宝初见阿珂，段誉初见王语嫣，似一把大锤重重地锤在心上，我要死了我要死了我要死了……余音绕梁，耳内轰鸣。

　　为什么躲雨往往能躲出感情？

　　在一场突如其来的暴雨中，或者在乱世，或者在自然灾害面前，躲在一个狭小的空间，那个时候人本能地渴望依偎和陪伴，有那么一点点动心就足以迎合上去，抱团取暖。

　　这样的模式，我们在张爱玲的《封锁》中看到过，在杜拉斯的《情人》里看到过，在白娘子和许仙的故事中看到过。

　　雨中的茅屋，可以置换为电车、马车、渡船等狭小空间。

　　南三复心动之后，常常带着粮食布匹，假意感谢窦延章，其实是为了接近窦家女。

　　慢慢地，她不再畏惧他，常常在他和窦延章吃饭喝酒的时候，跑来跑去。南三复愈加意乱情迷，无三日不往。

有一天，去的时候正好窦父不在家，南三复捉臂狎之，窦家女严厉地拒绝他，说："奴虽贫，要嫁，何贵倨凌人也。"

这窦家女不是无知无识毫无廉耻之辈，可叹道行太浅，怎敌得过南三复的花言巧语。

当时，南三复丧妻，他许下诺言：倘若得到你的怜爱，我一定不娶别人！窦家女又要他发誓，他指着太阳，发下重誓：终身相好，永不变心。

"女乃允之"。

从此以后，只要窦父不在家，南三复就偷偷溜去跟窦家女幽会。女促之，桑中之约，不可长也。还是赶紧娶了我吧！如果我能嫁给你这样的贵人，父亲肯定会高兴地应允的。

南三复满口答应。

可是，走出那间茅屋，就如同大雨过后，太阳出来，路面干干净净，仿佛先前的雨只是一场幻觉，与这个女子的露水姻缘好似一个前世的梦。

他策马而去，将所有的诺言抛诸脑后。

这个每天倚门凝望的小女子，只是他人生中一个旁逸斜出的插曲。对她来说，那个身影却是全部的希望。

不久，有媒人上门，为南三复介绍一个貌美财丰的大家闺秀。南三复在农家女和大家女中，当然选了貌美财丰。

这时候，窦家女已经珠胎暗结，催着南三复娶她，南三复从此绝迹不往。

呜呼哀哉！

正如专栏作家韩松落写过的一句话：他像男人一样地爱她，而她居然像女人一样爱他！

看似废话，其中大有深意。

爱情对于男人来说，始终只是人生诸多诱惑之一，而对于很多女人来说，却是全部。

这个孤注一掷的小女子，在被南三复抛弃之后，能如何？

她生下一个男婴，窦延章怒不可遏，"怒榜女"。窦家女告诉父亲：南三复说他一定会娶我的。窦延章才放过女儿，跑去一问，南三复根本不承认。

老父亲气得把男婴丢出去，更加愤怒地揍自己的女儿。

窦家女偷偷地让邻妇跑去哀求南三复，"南亦置之"。多么狠心的人啊！窦家女只好夜里逃出家门，找到还没死的儿子，抱着跑去找南三复。

她手无寸铁，对命运毫无还手之力。

在漆黑的夜里，她抱着婴儿，敲响了南三复的宅院大门，让门房去通报一声，希望南三复看在儿子的分儿上，见她一面。"南戒勿内"。

四个字，像一把大锤，砸扁了这个姑娘。

她倚门悲啼，五更之后渐无声息。天明之后，门房出去一看，"女抱儿坐僵矣"。

这几乎是聊斋里最悲惨的一个故事，令人不忍卒读。

呜呼哀哉！

窦家女以为南三复是她的终点，在南三复那里，窦家女却只是一个驿站。相当于知青文学中的小芳和马缨花，是雄心勃勃的于连们往上流社会攀爬的市长夫人，是古代书生落难时遇到的邻家小姐，是驸马爷遇到公主前的王宝钏。

此类，皆可归入"中转驿站"型爱情。

如果每个人都能目不斜视地走向生命的终点，想必少了很多烦恼和疼痛，偏偏很多时候命运宕开一笔。宕开的这一笔，往往是文学作品中最哀怨最凄美的一笔。

失去一段感情，跟失去一段肢体一样，一到下雨天，会隐隐地痛，虽然它已经不在。

然而，狠心如南三复，"挞于室，听之；哭于门，听之；抑何其忍！"真是郎心似铁！

这样的始乱终弃之人，如果不遭到报应，人民群众都不答应啊！于是，在《窦氏》的后半部分，窦家女化为厉鬼，疯狂报复南三复，南三复最终因为挖坟盗尸的罪名，被处死。

07 在中国，
做一个耿直女孩有多难？

《聊斋志异》里有一个小故事《耿十八》，非常耐人寻味。它完美诠释了中国老男人的套路和虚伪，女人的天真和困境。

话说，耿十八身患重病，自知不起。他对妻子说：旦夕间我们就要阴阳两隔了，我死后，守节或者改嫁都由你。现在你说说你的选择吧。

妻子默然不应。

怎么回答呢，这时候默然不应和甘词厚誓都是错！

耿十八再三追问，而且循循善诱地说：守节固然好，你改嫁也是人之常情，请你明示，有什么关系呢？马上就要永诀，你说守节，我心里很欣慰，如果你说改嫁，也好让我断绝尘缘安心去往另外一个世界。

这话说得是入情入理，春风化雨，润物无声。

果然，这个耿直女孩上当了，凄然说：家里夜无余粮，你活着的时候，我们都很难维持生计，死了叫我怎么守呢？

虽然姓耿但一点都不耿直的耿十八怨恨地说：你果然是个狠

214

心的人啊！

他死死地掐住她的手，断气了。

有多恨她，从一个动作可以看出，他死死地掐住她的手，痛得她大声号叫，两个人过来使劲掰，才掰开！

这个耿直女孩以为要做选择题，其实人家只是要你表忠心。她太不了解现实。

在这片土地上，男人很危险。他向你描绘你们的未来美过童话；他许诺以后只让你在宝马上笑，绝不会让你在破自行车上哭；他说他爱你胜过一切，他说他从来没有自己的利益，他所做的一切都是为了你的幸福；他说除非你点头，否则他绝不动你，他说只要你喊停他一定停……当你听到这种情话，一定要小心。

更有甚者，他假装一副接受了欧风美雨熏陶的民主派模样，给你Ａ Ｂ两个选项，你要胆敢选Ｂ，你就作死吧！

我们来看看这个耿直女孩的下场。

耿十八死后，晃晃悠悠就去了冥界。上了一辆车，共有十个人，他见自己的名字也写在车身上。一堆人挤上"望乡台"，他登高远望，自家的门间庭院，宛在目中，只是内室隐隐，如笼烟雾。他凄然回顾，见一个短衣人站在旁边，自称南海的匠人。

两人谋划从高台上跳下去求生，果然落地无伤，找到了来时的车子，擦去自己的名字，一气疾奔。耿十八跑进家门，看见自己的尸体，一下子醒了过来。

故事有一个极其尴尬的结局："由此厌薄其妻，不复共枕席云。"

这耿十八也是不作不死的典型。这尴尬不是自找的么？

我们人类有个共同的毛病：想听真话，但又承受不住真话。或者我们想听的是经过过滤的"真话"。我们一再逼迫对方，其实想听的是那句：我爱你，至死不渝。

可惜，我们发出问句的时候，已然知道答案。

因为既然求证，就是怀疑。而真爱像信仰一般，不证自明。

深谙人性，并且理解人性，放过自己和他人。如此体体面面，难道不好么？反正到头来，两眼一闭，什么也左右不了。

爱情是盲目的，既然你要爱，就拿出掩耳盗铃的勇气、盲人摸象的天真、买椟还珠的偏爱、守株待兔的痴情。

没有这种赌徒精神，就不要上牌桌好吧！

08 这个雏妓，
实在是可以封侯

为一个人，为一份感情，为一个承诺，我们究竟能付出到什么程度？人类的极限在哪里？

时间？身体？前途？金钱？王位？荣誉？生命？……

每每读古诗，总是对那些明锐如水晶、热情似烈焰的义士心生敬仰和向往。

十岁左右读金庸的《侠客行》，篇首就是李白的诗，虽是女孩，读来也觉神清气爽意气风发血脉贲张："三杯吐然诺，五岳倒为轻。"何等的豪情万丈啊！

"意气兼将身命酬"，"向风刎颈送公子"。一个七十岁的守关老叟，内心燃烧的是何等的火焰！

对于那个充满血性和信义的江湖，总是恨不能两腋生风，飞过去。

那些时代，无论是君臣，还是男女，都是可以拿生命来交与对方的。

舍生取义，向风刎颈，这种道义的激情，后来在我们的东邻

217

国度发展为一种有仪式感的姿态，上升为一种美学。

然而，这种"酬"的极限在哪里？到了何种程度，不再具有美感？会让我们这些读者和观众产生生理和心理上的不适？就如情色片撩人，但到了大岛渚的《感官世界》就是瘆人，看得人要呕吐。

自己抛头颅洒热血，坐老虎凳，这些未必是我们凡人达不到的程度。但是，舍弃人伦，我认为是人类的极限。当初读《赵氏孤儿》，屠岸贾满城搜寻赵氏唯一的血脉大开杀戒，程婴献出自己的婴孩冒充赵氏孤儿。实在是看得一股凉意从脚底蹿上头颈。

那时候，我以为这种"酬"与"义"，只可能发生在男人身上。程妻就没有这种大局意识啊！

读《聊斋志异》，其中有一篇《细侯》，很短，很不起眼，说的却是一个雏妓，可以牺牲人伦完成"义"的故事。

有满生，在余杭设帐教书。有一天从街上走过，突然有荔枝皮砸到肩上，仰头一看，阁楼上一个雏妓，"妖姿要妙，不觉注目发狂"。一打听，才知是青楼女子细侯。

这个"穷措大"归斋冥想，终宵不枕。第二天去青楼见到细侯，两人相谈甚欢，越发迷恋。第三天，满生回去借了一笔款子，再赴青楼，两人终于发生了一些不可描述的事情。

两人枕前发尽千般愿，愿永结同心。细侯希望满生为她赎身，两人结为平凡夫妻，"闭户相对，君读妾织，暇则诗酒可遣，千户侯何足贵"。

多么幸福的情景和向往！

细侯算了一下，赎身大约需要两百金，她自己平素积攒了一百金，让满生去筹一百金。

满生想起有个朋友在湖南做县令，一直邀请他去，以前总嫌路途遥远，"今为卿故，应往谋之"。

满生辞掉私塾的教席，匆匆踏上去湖南的道路。他约定三四个月，借到钱回来为她赎身，娶她。

那个年代从浙江到湖南，路途有多凶险，不难想象，满生背负着娶她的誓言，一直走到湖南，其中的艰辛，一字未提，这在有情人那里不叫苦。

悲催的是到了湖南，以为可以借到钱。结果那个朋友被免官，自己都在等候发落，哪里有钱可以外借？满生没有盘缠回余杭。只好在湖南当地设帐教书，三年都没凑到足够的钱回余杭。屋漏偏逢连夜雨，满生教的一个学生不小心溺水而亡，满生身陷囹圄。

再说细侯，自从满生走后，她就再也不接客。有商贾想娶她，志在必得，千金不惜。

细侯说，她心里已经有人，只等他从湖南借钱回来。

商贾故意去湖南做生意，打探满生的消息。本来满生已经快出狱，商贾买通官吏，将满生长期关在监狱里，回去对鸨母说，满生已经病死在监狱了！

细侯不相信满生已死。鸨母上场，开始了劝说："无论满生已死，纵或不死，与其穷措大，以椎布终也，何如衣锦而厌粱肉乎？"

在一个鸨母的眼里，一个穷措大有什么好？他死不死都不应该影响一个姑娘的决定，现在有个有钱人想娶你，还有什么犹豫的？

一个小小的青楼女子，是这样回答她的："满生虽贫，其骨清也；守龌龊商，诚非所愿。"真是令人肃然起敬。

商贾一计不成，又想出一毒招，让人冒充满生假作一封绝命书寄给细侯。细侯得书，朝夕哀哭。

鸨母又上场，成为压倒她的最后一根稻草：我把你养这么大不容易，现在你既不愿意继续为娼，又不愿意嫁人，你怎么养活你自己？

细侯无奈，只有嫁给商贾。商贾给她提供极其奢侈的物质享受，过了一年，她生了一个儿子。

却说满生后来出狱，在一个学生的资助下，千辛万苦回到余杭。听说细侯嫁人，他拜托市场上一个卖豆浆的老太太，把自己所遭受的苦难以及商贾的歹毒都告诉了细侯。

细侯才明白这一切都是商贾背后使坏，拆散一对苦命鸳鸯。她趁商贾外出，杀死怀中的儿子，仅仅带着自己的衣物，逃出那个家庭，嫁给了满生。

蒲松龄在文末感叹说："寿亭侯之归汉，亦复何殊？顾杀子而行，亦天下之忍人也！"意思是这青楼雏妓的举动和关羽的弃曹归汉，又有什么不同呢？但是杀了怀中的儿子才逃走，也是天下的狠心人啊！

不为金钱所动，不为温情软化，不为骨肉亲情所绑架，甚至杀死了自己的儿子！就为一个承诺、一个义字，小小一个雏妓，老蒲毫不犹豫赐予她一个名字：细侯。她就是一个小小的寿亭侯！

一个青楼女子的名字断然不可能叫细侯，这是蒲松龄对这位奇女子的赞赏。孩子是女人最大的软肋，可是这个小小的雏妓，实在是壮烈，和千里走单骑的关羽有什么区别啊！

关公的性别优势在于他不会跟曹操生一个儿子，他甩下所有的赏赐，就可以骑马上路，心无挂碍；而作为一个女性，要突破自身性别、身体、感情的局限，是多么艰难！

人伦是一张巨大的蛛网，把我们牢牢地粘在上面，看你如何兴风作浪？她却要挥刀斩断这最后一缕牵挂，奔向她想要的生活。连蒲松龄在赞赏她的"义"之余，也要说一声这是多么狠心的人啊！没想到苏杭之地、吴侬软语之乡还出这等亮烈女子，我以为这故事只可能发生在大西北苍凉或者极北酷烈之地。

这种"酬"，的确是人类的极限，我想不出来还有什么能超越的。

我等平常女子，估计大不了牵着胖儿子的手，去一个满生必经的路旁，在粉墙上提歪词一首，然后留给他一个中年发福的背影："东风恶，欢情薄。一怀愁绪，几年离索。 错，错，错！……"

09

哪里是艳情？
不过是历史小丑的周边产品

这貌似是一个情场故事，其实说的是一个官场故事。

容许我先说一个故事：

在一个伸手不见五指的冰窟里，一个小和尚和西夏公主大破色戒，因性而爱，经历了江湖的风风雨雨后，最后携手隐居天山缥缈峰灵鹫宫……

对，这是《天龙八部》里虚竹的奇遇。

在我读了《聊斋志异·天宫》后，我疑心金庸从《天宫》里得到了虚竹那段冰窟桥段的灵感。

金庸从《聊斋志异》里吸取营养，不是一次两次，除了吴六奇与查家的故事，还有这个冰冷洞府天人交战的故事。

这个故事，最吸引我的是它的荒诞与现实交织、黑色幽默与反转，颇有卡夫卡小说的意味。

容许我慢慢道来：

郭生，明朝时京都人，二十多岁，仪容修美。又高又帅，这一点很重要，否则整个故事不存在。

某天，他正独自一人在书斋中苦读。一个老太太来了，带来一坛子酒，说要送给他喝。

那些长得又高又帅的人注意了，遇到老太太千万要提高警惕。根据金庸和古龙叔叔的宝典，凡是老太太出现，定没好事，比如卖糖炒栗子的熊姥姥，比如天山童姥。

必有蹊跷。

郭生表示大家并不熟，无事献殷勤，总要有个由头吧。

老太太笑着说，问啥？只管喝，喝了肯定有好事。

说完就走了。

郭生忍不住打开坛子盖，洌香四射，于是喝了。

喝下去天旋地转，倒倒倒，倒也。

叫你随便喝陌生人送的酒！

郭生一觉醒来，躺在床上，枕头上还有一个头。伸手一摸，肤腻如脂，麝兰喷溢，是一个女子。问她是谁，不答。于是两人交欢。郭生也是心宽之人。

结束后，以手扪壁，壁皆石，阴阴有土气，酷类坟冢。郭生大惊，疑为鬼迷。

哎，先前送酒的老太太果然是天山童姥之前身。搞不好就是她趁郭生迷醉之后，将其扛到洞府来的。

郭生很会说话，不问何鬼，问："卿何神也？"

女子回答："我非神，我是仙。这里是洞府。我与你有前缘，你不要害怕，就安安心心住在这里。"

223

本来说到这里，言语还算靠谱，最末一句，事后想起，其实露了马脚，她叮嘱说："再入一重门，有漏光处，可以溲便。"

你见过仙女头一次见面就问候屎尿屁，交代在哪里大小便的么？

云萝公主生了孩子后直接交给保姆全权代管，自己孩子的粑粑都嫌弃，还乐意指导你去溲便？

这仙女，也太接地气了！

过来一会儿，女子起床，关门而去。

又过了好久，郭生肚子饿得咕咕叫，有女仆进来，端来了面饼和鸭臛。吃得也忒接地气！

洞窟里黑咕隆咚，只好用手摸索着喂到嘴里。

这伸手不见五指，也不知道是白天还是黑夜。过了一会儿，女子来就寝，才知道已经晚上了。郭生发牢骚说："昼无天日，夜无灯火，食炙不知口处；常常如此，嫦娥和罗刹有啥区别！天堂和地狱有啥区别！"

女子笑着说："就是因为你们这些凡人，管不住嘴，所以才不让你看见我的真身。况且好不好看，暗中摸索也是有区别的啊！何必要点灯烛呢。"

说得也算入情入理，郭生消停了几天。

过了几日，郭生还是觉得憋闷，几次请求要回家。

且看女子如何挽留住他。

女子说："明天晚上，与君一游天宫，然后就送你回家。"

次日，忽有小丫鬟打着灯笼进来，说："我们娘子已经等你很久了。"

这个豪华夜游彻底让他动了心，让他确信这真的是天宫。

走出洞窟，星斗漫天，楼阁无数。经几曲画廊，才到一处，堂上垂珠帘，烧巨烛如昼。进去，有美人华妆南向坐，年约二十许，锦袍炫目，头上明珠，翘颤四垂，地下皆设短烛，裙底皆照：真的是天仙啊！

看到这排场，郭生不觉膝盖一软。自有丫鬟扶着他入席，各种闻所未闻的山珍海味摆在桌上。女子举杯说：请满饮此杯，为君送行。郭生却不干了：先前不识仙人，实在是惶恐，现在请允许我赎罪，我打算不走啦，请收下我这个不贰之臣吧。

女子回过头去，看着婢女，微微一笑，心想，瞧这出息。

送他到我的卧室。

室中流苏绣帐，衾褥香软。如此温柔富贵乡，郭生的膝盖更软，更不愿意挪脚，又饮酒。女子几次催促：郎君离家久，暂归亦无妨。

又喝了一巡酒，郭生还是不言别。

女子叫婢女打灯笼送他，郭生假装醉了躺在床上一动不动。女子只好让婢女给他脱衣服睡觉。

一婢女摸到他的私处说：长得温文尔雅，为何那个东西如此不文雅！然后大笑而去。

女子也就寝，说：这里是天宫，天不亮你就得赶紧回洞府去，在这里万万不能睡到天亮。

四更时，叫婢女进来笼烛抱衣而送。

进洞，只见寝处褥革棕毡一尺多厚。郭生脱衣脱鞋，那个婢女徘徊不去。郭生仔细一看，风致娟好，问：说我那东西长得不文雅的就是你吧？

婢女笑了，用脚踢他的枕头：快点睡吧，都快冻僵了！说那么多废话干吗！

就在这时，郭生发现这个婢女的鞋尖，居然镶嵌着巨大的珍珠。这是何等泼天的富贵！

两人遂相欢好。

枕上聊天，郭生得到更多信息：婢女并非处子，只是已经荒疏三年。

郭生问她的姓名和清贯、尊行，婢女说：千万不能问，如果有人知道，你死无葬身之地。吓得郭生再也不敢。

又过了一段时间，女子某天夜里来，透露有人要粪除天宫，与他送别。临行送他黄金一斤，珍珠百颗。

等他醒来，发现自己被裹在被子里，牢牢捆住，像一只大粽子，躺在自家的书斋里。

当时已经离家三个月，家人都以为他已经死了。

起初，他不敢对人道出这段经历，恐遭仙谴；后来带着几分得意对人说起，毕竟与仙人恋爱的经历不是什么凡人都有。

有一个做官的人听说了他的遭遇，说：天了，这哪里是仙人干的事？这事千万不能说出去，否则会被诛灭九族！

有巫师曾经出入显贵之家，听郭生说起楼阁的布局，非常像严嵩之子严东楼家。

郭生这才知道，哪里是与仙人谈了一场多角恋爱，原来做了严东楼姬妾的性奴！

明史记载，严东楼短颈肥体，眇一目。不仅是个胖子，没脖子，还是个一只眼，但架不住他有个严嵩这样的爹，还架不住他聪明绝顶，善于揣测圣上的旨意。每当严嵩票拟遇到难题，都要回家问问东楼小儿。

父子俩卖官鬻爵，一手遮天，把持朝政二十余年，后来被抄没家产时，搜出黄金万斤，白银数百万两，珍珠无数。这泼天的富贵，老蒲只用了婢女脚缀明珠，便可管中窥豹。

严东楼好色无边，有姬妾二十七人，更有无数的丫鬟侍女，实在无法雨露均沾。姬妾们只好培养天山童姥，四处搜罗俊美男子，掳掠到洞里，满足欲望。

如果不是有高人指点提醒，带着全家出逃，郭生必遭灭顶之灾。

等到严东楼伏诛，郭生才带着家人回到原籍。

看到结尾，才发现老蒲取标题为《天宫》，实在是黑色幽默。

哪里是天宫，不过是个地窖；哪里是与仙人谈恋爱，不过是当了性奴；哪里是一出传奇，只是历史丑闻；哪里是虚构，分明就是写实；哪里有泼天的富贵，不过是历史蛛网中的一只蝉蜕。

10 绕了十万八千里，
说一声：好巧，
原来你也在这里

我有个观点：每段恋情都是以共鸣开始，以找不同结束。

最初，我们激动地发现天地间居然有个人，和我喜欢同一种颜色，喜欢同一种味道，爱听同一首歌，爱同一个作家……

我们甚至会感叹，太巧了，我们居然都是地球人！在茫茫的宇宙中，你没降生在冥王星，而我没去海王星，最终我们都降生在这个蓝色星球上，还有一天相遇了！这几亿万分之一的机缘，为什么让我们碰到？

在那一刻，我们化身为哲学家和诗人，无尽地歌颂时空的巧合、命运的偏爱。

然而，真的有所谓巧合和偶遇么？

所谓的偶遇，都是经过伪装的苦求。

今天，说说《聊斋志异·陈云栖》的故事。

这是一个发生在湖北的故事，宜昌夷陵有个书生叫真毓生，文章写得好，人也生得俊美，年少成名。有个看相的人预言他长大会娶个女道士。家人当作玩笑话，不甚在意。

真毓生的母亲是黄冈藏家村人。有一年，真毓生去黄州看望外祖母，听当地人说，黄州有个吕祖庵，庵里有四个女道士，名字中都有一个云字，"黄州四云"是当地的旅游名片，尤其是最小的那个，艳绝一时。

是不是幼年时那个看相的预言在心里咯噔了一下？真毓生偷偷跑去吕祖庵，果有女道士三四人，谦喜承迎，仪度皆洁。最小的那个，果然举世无双。真毓生动了心，一直傻傻地看着她。趁其他女道士觅盏烹茶，真毓生问其姓字。答曰：云栖，姓陈。

真毓生撩她说：太巧了！我刚好姓潘！

陈云栖顿时脸红到了脖子，低头不语，起身而去。

你要问了，为什么真毓生这句话杀伤力如此之大？一姓陈，一姓潘？何巧之有？

咳咳，这是一个典故。

请各位搬好小板凳，用心听讲。

没文化，连妹子都撩不到。

南宋有一美尼姑，名陈妙常，不仅色冠一时，而且很有才气，与张孝祥都有唱和。后来与潘必正秘密恋爱，珠胎暗结，在张孝祥的帮助下，结为夫妇。豫剧《玉簪记》即以此为蓝本。

反正，真毓生以一个典故成功地暗示了他的心意。

接下来，江湖险恶，不是这一对小儿女所能想象。

黄州四云，除开最幼者陈云栖，其他三人：最长者，名白云深，三十多岁；梁云栋，二十四五；盛云眠，二十出头。

　　因为思慕陈云栖，真毓生每天上吕祖庵，每次独独不见陈云栖，非常怅惘。某天，白云深和梁云栋苦留真毓生，灌醉之后，居然得手。真毓生终夜不堪其扰，天明偷偷逃跑。

　　原来这个吕祖庵就是一个淫窟，两女以陈云栖为诱饵，真毓生只是众多受害者之一。

　　有这两个大魔头，真毓生再也不敢去吕祖庵，可是又念念不忘陈云栖，不时在附近侦查。某天，眼见白云深和梁云栋出门，他赶紧溜进去，隔着窗户，两人第一次表明心迹，以白头相约。陈云栖提出，要筹措二十金赎身，以三年为期。

　　刚回到外祖母家，就接到父亲病重的消息，真毓生星夜赶回夷陵，父亲已经病逝。

　　母亲家教最严，真毓生不敢把心事告诉她，只是每天克扣自己的用度，希望早点积攒到二十金，为陈云栖赎身。

　　不时有人来议婚，他就以服丧为由，屡屡拒绝。

　　时间长了，母亲不答应。真毓生就撒谎说：先前在黄冈，外祖母打算把陈家的女儿许给我，诚心所愿。今遭大故，音信全无，我打算去一趟黄州。如果婚事不成，我就听您的。

　　三年之期将至，不知陈云栖还在否？

　　母亲答应了真毓生的请求，他赶紧带着偷偷攒下的金银赶往黄州。

　　真毓生迫不及待来到庵中，庵中院宇荒凉，只有老尼姑在灶下做饭。

老尼姑说：前年老道士死，"四云"星散。

真毓生又问：知道她们去了哪里？

老尼姑说：白云深、梁云栋，从恶少去；听说陈云栖寓居郡北；不知云眠消息。

这真是晴天霹雳！真毓生赶紧到郡北，遇到道观就打听，却没有一丝一毫陈云栖的消息。

按说，这下真毓生该放下了吧，好好听母亲的话，在当地娶一个妻子。

没有，他不甘心，也没死心。

为继续寻找等待陈云栖拖延时间，他回去告诉母亲：舅舅说，陈家老爹去岳州，等他回来再议婚事。

半年后，母亲回黄州省亲，问起外祖母这门婚事，外祖母表示完全不知情，差点穿帮！

母亲大怒，当外祖母的却疑心是真毓生与舅舅私下商量，好在舅舅外出未归，无法对质。

真母还愿之后，斋宿山下，夜里与一个女道士同寝。女道士说她叫陈云栖，有表兄姓潘，与夫人都是夷陵人，希望带信给潘生，到栖鹤观来接她。

真母问潘生叫什么名字，却又不知。

真母回家向儿子打听学官里有没有潘姓的同学，真毓生这才说明自己就是那个潘生，那个女道士就是他想娶的人。

母亲大怒：娶个女道士，亲友们不笑话么？

好在终于知道了陈云栖的下落，恰好真毓生要入郡考试，偷偷坐船去栖鹤观找她。

真毓生到栖鹤观，得知陈云栖出游不返。

云栖啊云栖！果然漂泊如云，无处栖息。

真毓生回到家，一病不起。

眼看着一对有情人又一次失之交臂。

命运却又峰回路转。

真生之外祖母去世，母亲赴黄州奔丧，宿族妹家中，见一美少女，甚为称意，打算带回去做儿媳妇。

第二天，同舟而还。

两人相见，原来美少女是还俗之后的陈云栖。还俗后，云栖跟着舅舅生活，每每有人提亲，她都毫不犹豫地拒绝，舅舅和舅妈（真母族妹）很厌弃她。正好遇到真母，云栖便随她来夷陵。

云栖只有两个信息：夷陵，潘生。其中一个信息还是假的。可是她就是有一股子劲儿：一定要找到他！

她打定主意：如果找到潘生，他已经另娶他人，她就死心嫁给真母的儿子；如果潘生坚守诺言，未娶，她就把真母当自己的母亲侍奉，来回报她。

她坚持到了最后一刻。

两个有情人才终成眷属。

真母最后感叹，一切都应了当年卜者的话，始信定数不可逃。

可是，起最终作用的真是一句预言么？

这两位年轻人在命运一次次地拨弄中，如果稍有懈怠，都不可能在一起。

上天说让你们在一起，你就坐在家里等着顺丰包邮？

是的，上天是让你最终娶一位女道士，如果你不努力，搞不好娶的是白云深呢，他可没说把最美最纯洁最痴情的陈云栖给你。

无论是感情还是你钟爱的其他，都要经历无数的努力和坚持，最后才能假装轻描淡写地说一声：好巧啊，原来你也在这里。

世间哪里有那么多的巧？后面都有无数的笨功夫和真心。

性爱体验只是自然而然的一个结果。

　　他爱在一篇之内写两个女性，比如小谢和秋容，比如狐女阿绣和民女阿绣，比如宦娘和范十一娘……性格迥异，相互辉映，这种双姝模式也许影响了后来曹雪芹写宝黛二人，《聊斋志异》里的女性群像也许激励曹雪芹写出大观园的众多奇女子。这也许是曹雪芹遭遇的"影响的焦虑"吧。

　　所以说蒲松龄是女权主义先驱也不为过吧。

　　像他这样有趣的、自信的、尊重女性的黑胖子正是广大妇女喜闻乐见的中国好男人啊！